사자가 풀을 뜯고

사자가 풀을 뜯고

글쓴이 ──────── 채진홍
초판 1쇄 인쇄 ──────── 2008년 10월 31일
초판 1쇄 발행 ──────── 2008년 11월 05일
펴낸이 ──────── 김용항
펴낸곳 ──────── 온누리

충북 청주 상당 수동 90-4 · 서울사무실 마포 합정동 444-7
전화 02-324-4790 · 팩시밀리 02-333-6287

출판등록 ──────── 1982년 12월 6일
등록번호 ──────── 제아-20호

값 9,000원
ISBN 978-89-8367-129-5

사자가 풀을 뜯고

우리

저자의 말

　돈이 무섭기는 무서운가 보다. 옛 이야기는 그만두고, 근 이삼백년 전으로 거슬러 올라가보아도 우리 사람의 삶 속에서 그 점이 분명하게 드러난 터다. 자본주의라는 괴물 이념이 나와 돈을 절대자로 받들어 모시면서, 제국주의, 식민주의 등 당대의 모든 이념들을 제 수하로 거느리고, 조종하고, 전쟁하고, 싸우고, 죽이고 하니 무슨 수로 그 힘을 막으리오. 참다못해, 몇몇 머리 좋고, 심지 굳은 사람들이 공산주의를 만들어, 거기에 대항해 보았지만 손발 다 놓은 지가 벌써 지난 세기이다.
　이 소용돌이 속에서, 부자건, 가난뱅이건, 지식쟁이든, 무식쟁이든 마음을 다치지 않은 사람이 어디 있으리오. 부자는 너무 많이 가져서, 가난뱅이는 너무 못 가져서, 지식쟁이는 너무 많이 알아서, 무식쟁이는 너무 몰라서, 그래서 서로 아귀다툼하다, 화해하다, 울다가, 웃다가 시퍼런 초겨울 하늘에다 저마다의 퀭한 마음을 맡겨버린다.
　부모를, 형제를, 이웃을 누가 사랑할 줄 몰라서 사랑하지 않겠는가. 저마다 짓찢긴 마음들을 둘 데가 없어졌으니, 아무도 탓할 사람이 없다. 이천년 전 이 땅에 사람의 형상으로 오신 예수님께서 벌써 보실 것 다 보시고, 하실 말씀 다 하지 않으셨던가. 지금 새삼스레 사람의 존엄한 가치 운운하며, 이곳저곳 명함을 내놓으며, 이런 저런 방책들을 내놓아봤자, 속상한 일만 벌어진다.

그렇다고 이 땅에 사람의 형상으로 태어난 이상, 아무 일도 안 할 수는 없고, 한 그루든, 세 그루든 나무를 심자는데 구태여 생 이론을 만들어 반대할 일도 아니고, 그 놈을 예수님이나, 옛 성현들의 말씀에 잘 꿰 넣어야 할 터인데, 그 또한 저마다 잘났다고 하는 판에 그런 말을 또 하기도 좀 거시기한 일이 되어버린 세상이다.

그렇다면, 차라리 옛 사람들의 삶을 흉내 내는 게 덜 거시기한 일이 될 것이다. 무슨, 어떠한 통계 법칙을 들어다 붙여도 옛 사람이 지금 사람보다 덜 싸우고, 덜 지랄을 한 게, 지랄을 해도 '이쁘게', 그 무엇이던가 하기 좋은 말로 낭만적으로 지랄을 한 게 틀림이 없으니, 그 또한 마다할 사람도 없는 이치인데, 어디 지금 세상이 이치대로 돌아가는가. 이 하찮은 서생이 지금 딱 밥 빌어먹기 좋은 소리 한 격이다. 예수님을 비롯해서, 동서고금의 현자들은 가난한 사람, 못생긴 사람, 아픈 사람, 글 모르는 사람들을 벗하기 좋아했다는 소리를, 저들이나 우리나 학교에서, 교회에서, 산문에서, 기타 그러한 곳에서 수없이 들어도 그 순간뿐이다.

그래도 우리는 할 일은 해야 하고, 그에 대한 그리움은 여전하다. 예수님이, 미륵부처님이 그립고, 성모님이, 문수보살님이 그립다. 우리들의 영원한 누이인 강숙애도 그립다. 그가 언제든 우리들 문 앞에 나타나 일옷을 개어들고 서있기를 바란다. 이 땅에 하느님의 나라가, 낙원이, 정토가 실현

되기를 기도한다. 마음속으로 곱게 별을 간직하고 살았던 강숙애와 함께 그런 세계를 꿈꾸다보니 다음 시구가 떠오른다.

> 늑대와 새끼 양이 함께 풀을 뜯고
> 사자가 소처럼 여물을 먹으며
> 뱀이 흙을 먹이로 삼으리라.
> 나의 거룩한 산 어디에서도
> 그들은 악하게도 패덕하게도 행동하지 않으리라.
> — 이사야, 65:25

'온누리' 출판사는 이름이 그 점을 잘 뒷받침해주는 것 같다. 이사야든, 바오로든 다 좋아하던 말이다. '용항' 사장님도 그 큰 이름답게 크게 웃어대니 고마울 따름이다. 그의 웃음이 '누이의 별'이 좋다던 '은숙' 님의 미소와 더불어 땅 끝까지 퍼져나가길 바란다. 귀한 그림을 보내주신 유근영 옹께 감사의 뜻을 올린다. 다 하느님의 사랑이다.

2008년 가을,
누런 벼이삭을 바라보며, 숙애를 그리워하며
채진홍 씀

차 례

저자의 말

▶ 시작 · 9

1. 별빛으로, 사슴의 눈빛으로 · 17

2. 아침 햇살, 미친여자 · 33

3. 혁명가, 빙긋 웃는 여자 · 43

4. 비둘기, 침례 · 59

5. 가을걷이 사랑하는 눈빛 · 71

6. 지루한, 참으로 지루한 시대 · 87

7. 가을비, 사랑하는 사람들 · 101

8. 눈물, 사랑해요 · 117

9. 시든 꽃, 실성한 남자 · 133

10. 그가 다 부숴버렸네 · 145

11. 별은 빛나고, 용서 · 159

12. 떠나는 사람들, 오는 사람들 · 173

◉ 끝 · 183

시 작

하늘이 파랗다. 가을 하늘. 88올림픽을 거뜬히 치러낸 나라가 아니었던가. 위대한 나라, 힘 있는 나라, 유에스를 흐뭇하게 할 나라, 이런 나라에서 행복하고 싶다. 행복, 마냥 행복하고 싶다. 마음이 펑 뚫렸다. 하늘이 펑 뚫렸다. 사랑하고 싶다. 고향이, 내가 태어난, 자라난, 숲 속이, 들판이, 누렇게 익은 벼이삭들이 하늘만큼 가까워졌다. 하늘만큼 멀어졌다. 고추잠자리들이 벼이삭 위를 맴돌며 가을 햇살을 더 붉게 했다.

나는 운동장을 등지고 건물 안으로 들어갔다. 교무실을 몇 걸음 남겨놓고, 교장실로 발걸음을 돌려, 문을 두드리지도 않고, 그냥 문을 열었다. 나는 아무런 성난 표정도 짓지 않았다. 교장은 날 반갑게 맞았다. 그러나 내 몇 마디 말은, 푸른 하늘에 관한 몇 마디 말은 그를 놀라게 했다.
"김 선생님 같은 모범 교사가 교원노조에 가입하셨다니, 세상이 점점 알 수 없게 되는군요."
교장은 말끝을 흐리며 창문 쪽으로 머리를 돌려 한숨지었다. 그건 괜한 한숨이 아니었다. 무슨 뾰족한 사상 같은 건 건져볼 기회조차도 없었던 그로서는 당연한 몸짓이었다. 그는 학교 안팎에서, 교육 담당 장관이 계란 팔매질을 당하고도 남는 세상에서, 그저 마음씨 좋은 영감님으로 통했을 뿐이었다. 나 같은 볼품없는 선생으로부터 배신감 따위를 느낀다는 일은 그에게 상상조차 할 수 없는 일이었다. 애들하고 잘 놀고, 영어성적 무던히 올려주는 김 선생이, 보다 모를 일은 사십 줄에 들어선 이 김 선생이 교원 노조가 다 무어냐 인 것이었다. 영감님은 조회 때 가끔 교육에 관한 이러저러한 말을 늘어놓기도 하곤 했지만 의례적인 일이었고, 나뿐만 아니라 다른 선생들에게 그가 내심 바라는 것은 그저 편안하게 살아가는 일이었다. 영감님 보시기에 그래도 이 김민규가 당신 뜻을 제대로 헤아리려니 했었는데, 목하 엉뚱한 일이 벌어진 것이었다. 분명 그는 나 개인을 탓하는 것이 아니라 세상을 탄하고 있었다.

  나는 망설임 끝에 사직서를 내밀었다. 망설인 까닭은 영감님이 슬퍼할 것 같아서였다. 그러나 타고난 내 천성이 남 편치 못하게 하는 일에 대해 전혀 인내할 수 없으니 어쩌란 말인가. 더구나 상대가 마음씨 좋은 영감님일진대. 그런 사람들을 그저 편하게, 적어도 그냥 슬퍼할 수 있게 만이라도 내버려두는 세상이 아닌 것을. 나는 내 코가 영감님 책상에 닿을 정도로 허리 숙여 작별 인사를 고하고 교장실을 나왔다.

  팔팔한 동료 회원님들이 공동대응이탈죄목을 들어 무능한 날 욕한다 해도 어쩔 수 없는 일이었다. 그들과 달리 난 애초부터 교육사상이 투철한 사람도 아니었다. 정의감에 불타는 그들의 자세가 일순 감동적이기도 했다. 그렇지만 내가 왜 노조에 가입했는 지는 나 자신도 여전히 모를 일이었다. 내 생활은 늘 맥 풀려있었다. 아이들이 날 존경한다는 말을 서슴지 않곤 했어도 마찬가지였다. 어떻게든 돌팔매질, 계란팔매질이 오가고, 최루탄이 터지고, 함성이 터지곤 하는 그 지겨운 특별시의 삶에서 벗어날 길을 찾고 있었다는 게 내 솔직한 고백이 될 지도 모르는 일이었다. 그리고 무엇보다도 나를 힘들게 한 것은 거리의 전깃불들이었다. 가끔 어디 호텔 옥상 야경이 멋있고 어쩌고 하는 주변 여선생들의 탄성을 들을 때 나는 거의 미칠 지경이었다. 그 때마다 나는 어디 캄캄한 곳으로, 나뭇잎들이, 풀잎들이 별빛에 뚜렷이 제 윤곽을 드러내는 곳으로 달려가고 싶은 충동에 사로잡혔다. 주변 사람들이 내 그런 속을 알면 나를 분명 신경증 환자라고 했을 일이었다.

그러나 내가 그렇게 병에 걸린 걸 아는지 모르는지, 내 그런 고백에 상관없이 아내는 줄곧 특별시의 삶을 고집했다. 그렇다고 내 아내를 나쁜 사람 축에 끼워 넣을 수는 없는 일이었다. 경우 밝고 성실하고 남들로부터 총명하다는 소리까지 들을 정도였다. 이런 식으로 마누라 자랑도 해보는 이 볼품없는 남편과는 질적으로 달랐다. 그래도 내 주제에 그런 아내를 만날 수 있었던 것은 부모님 덕분이었다. 그야말로 서빠지게 일해 날 영문과에 보내주셨기 때문이었다. 나와 함께 영문과를 다닌 아내는 늘 일등을 했지만, 나는 중간을, 그것도 못생긴 남편에게 가끔씩 놓을 걸 여유까지 보여주기도 하는 아내의 표현을 빌면 겨우 유지할 정도였다. 특별시내 부잣집 따님이기도 한 그런 아내가 가난한 농투산이 아들인 날 남편으로 발탁할 마음을 굳힌 이유는 순전히 그녀의 타고난 오해력에 있었다. 유신 반대 시위가 한창이던 당시, 제대 후 삼학년 복학생이었던 나는 거의 외톨이였다. 하늘이 텅 빈 가을 어느 날 학교 뒷산에 오른 나는 태어난 이래 처음 시 한 편을 써보았다. 가을 햇살을 머금고 누렇게 익어가는 벼이삭과, 사시사철 일에 시달려 풍성한 태란 도시 찾아낼 수 없었던 아버지 어머니의 모습이 하염없이 그리워서였다. 그 모습이 이 세상 어느 것과도 바꿀 수 없는 성스러움 자체로 느낀 것은 바로 그 순간이었다. 나에게는 그때부터 시 쓰는 버릇이 생겼고, 당시 젊고 패기만만한 비평가였던 성 교수에게 그 짓이 들통 나 이름난 계간지에 김민규의 시 몇 편이 실리게 되었었다. 내 아내 양복희가 세상에 태어나 처음 열등감을 맛본 건 그 때문이었다. 당시 교내 문학회 활동에 열 올리고 있던 양복희로서는 자신의 글재주가 보잘 것 없다는 사실을 절감한 사건이었다. 그렇지만 내가 보기에 그렇게 절감한 것 같지는 않았다. 자신이 시 쓰는 데 필요한 상당한 기술을 가졌다고 자부하던 그녀는 단지 김민규의 시작기술에 기가 죽었을 뿐이었다. 내가 애써 시작기술 무용론을 주장해도, 잘은 모르지만 영혼이 중요한 문제일 거라고, 나는 시 쓰는 기술자일 수 없다고 아무리 주장 아닌 변명을 해도, 복희 씨는 똑똑하니까 세상을 이리저리 비트는 시를 써보라는 조언까지 했어도, 그녀는 막무가내였다. 문학회에서 단련 받은 유창한 논리를 들어, 문학회에 끼지 못했던 나에 대해, 내 기술에 대해 존경심을 표하기까지 했었다. 자신의 열등감에 힘입은 그녀는 날 천재적인 기술자로 오해하고 있었다. 그녀는 꼬박 한 해 동안 그렇게 날 시달리게 했었다. 그녀로서는 다정다감한 일이었지만 나로서는 부끄럽고 짜증스럽기까지 한 일이었다. 그 덕분에 난 더 이상 감히 세상에 시 한 편을 더 내놓을 수 없었다. 제풀에 지친 그녀는 결국 자기 멋대로 날 사랑하게 되었다.

  졸업과 동시에 나는 그녀와 결혼했다. 양쪽 집안 간에 얽힌 모든 걸림돌은 그녀가 나서 치워버렸다. 어떻게 보면 대단한 여자이기도 했다. 애초에 나는 내가 다녔던 시골 중학교 선생을 원했었다. 그건 아버지의 뜻이기도 했다. 그러나 유명 일간지 민권 사회부 기자 자리에 선착한 그녀는 그 일을 용납할 수 없었다. 날 기어코 특별시내 영어선생으로 들어앉혔다. 친정부모의 어떠한 후원도 보기 좋게 물리치며, 시부모를 지극정성으로 모시겠다는 아내의 갸륵한 마음자세를 읽은 나로서는 더 이상 고집부릴 길을 잃었다. 그 점은 아버지도 마찬가지였다. 그렇지만, 그녀의 시부모는 아들 내외 따라 특별시내로 거처를 옮기지 않았다. 평생 몸담았던 논밭다랑이와 낡고 낮은 외딴집을 단 한시라도 떠날 수 없었다. 그 부부는 젊은 시절 그 속에서 어린 딸이 병들어 죽게 내버려 둘 수밖에 없었다.

아내는 사표를 던지고 돌아온 나를, 자랑스러운 눈초리로 바라보았다. 어엿하게 중학교에 다니는 놈들을, 제 생각들이 빠드름한 놈들을 불러다 앉혀놓고, 아빠는 훌륭한 분이시다 라는 선언을 거듭 해댔다. 나로서는 분에 넘치는 대접을 받은 것이었다. 답답한 노릇이었다. 하지만 아내는 모든 일을 일사불란하게 정리하고 있었다. 그녀는 어느새 두 가지 자기 기쁨에 젖어 있었다. 하나는 유명인사의 문턱에 올라선 자신의 능력을 유감없이 발휘할 기회를, 말하자면 남편을 교사운동의 선두주자로 만들어 내외가 서로 기울지 않게 이름을 날려볼 기회를 잡은 것이고, 다른 하나는 늘 고향집을 그리워하는 남편의 소원을, 그녀 생각으로 잠시가 되겠지만, 들어줄 수 있게 되어서였다. 첫 번째 일은 내가 전혀 관여할 성질의 것이 아니지만, 두 번째 일은 이유야 어쨌든 나로서는 굉장한 행운을 잡은 셈이었다. '걱정 마세요, 곧 복직될 거예요. 답답하면 잠시 시골에 가 쉬고 계셔요' 라는 아내의 선언이 얼마나 고마웠겠는가. 복직이 되고 안 되고는 애당초 내 알 바 아니지 않았는가. 남은 일은 한시 바삐 특별시를 벗어나 들판을 가로지르고, 고갯마루너머 골짜기를 지나 언덕 아래 외딴집으로, 거기 내 보금자리로 달려가는 것이었다.

1. 별빛으로, 사슴의 눈빛으로

　민규의 양쪽 귀 위로 내려선 몇 가닥의 흰 머리칼이 가을 햇살에 그을려 거의 갈색으로 변해 있었다. 누렇게 고개 숙인 벼이삭을 바라보는 그의 마음은 벌써 어린 시절로 돌아가 있었다. 그는 지금쯤 자신의 보금자리에 들쥐들이 모여들어 새끼를 치고 있는 모습을 떠올려 보았다. 아무쪼록 그것들이 자신의 갑작스런 방문에 놀라지 않기를 원했다. 어떻게 하면 몰래 마루 위에 발을 올려놓은 후, 방안으로 들어갈 수 있을까. 먼지가 듬뿍 쌓여 있을 그곳에 발자국조차도 내지 않고 들어가 그것들과 벗이 될 수 있다면, 얼마나 행복하겠는가. 그는 이런 상상 끝에 숨죽여 몇 발자국을 논두렁 위에 찍어보았다. 그리곤 푸른 하늘에 흰 이를 드러내 보이며 활짝 웃었다. 그렇지만 그는 좀처럼 발걸음을 멈출 수 없었다. 그의 발걸음은 그의 의지와는 상관없이 저절로 논두렁을 헤쳐 나가고 있었다.
　그는 집안에 들어서서야 숨을 가다듬었다. 그리고 곧 숨을 죽였다. 쥐들이 새끼를 치고 있어서가 아니었다. 마루에 먼지가 쌓여 있기는커녕 집안 전체가 말끔하게 정돈되어 있었다. 이제 막 우물 쪽으로 개나리 울타리 그림자를 잡아들이기 시작한 마당은 빗질자국을 또렷하게 담고 있었다. 그리고 마루 밑 토방 한가운데에는 너덜너덜 올이 풀려 내린 운동화 한 켤레가 단정히 놓여 있었다.
　민규가 정작 놀란 것은 그 운동화 때문이었다. 그는 한 번 더 숨을 죽여 마루에 올라섰고, 또 한 번 더 숨죽인 채 문고리를 잡아 좌우로 흔들어 보았다. 아무런 인기척도 없었다. 문은 그의 땀 고인 손에 의해 삐죽이 열렸다. 그러다가 그의 팔의 관성에 의해 이내 활짝 열렸다.

그에게는 문지방에 오른쪽 발을 올려놓는 일 이외에 어떠한 몸짓도 허락되지 않았다. 운동화 주인은 방 한가운데에서 가부좌를 튼 채 턱 아래로 두 손을 모으고 있었다. 민규의 눈에 그 모습이 여자의 것으로 비친 것은 얼마가 지나서였다. 그리고 그녀의 감겼던 눈이 떠진 것도 거의 동시의 일이었다.

"어서 오세요. 선생님께서 이때쯤 오실 줄 알고 기다리던 참이었어요."

민규는 방금 들린 음성이 그녀의 입에서 나온 것 같지 않다는 느낌을 받았다. 여자의 눈빛은 소담하게 타오르고 있었고, 그 눈빛이 그를 방안으로 끌어들이고 있었기 때문이었다. 그는 마음을 가라앉히고 여자 앞에 다가섰다.

"그렇게 서있지만 말고 어서 아래로 앉으세요. 주인이 그래서야?"

타오르기만 하던 여자의 눈빛에 수줍음이 고여 들었고, 그 모습을 본 민규는 선뜻 자리에 앉아 여자를 정면으로 바라보았다. 빛바랜 작업복 위에 계란을 단정하게 세워놓은 모양을 한 그녀의 얼굴은 어깨까지 내려덮은 까만 머릿결 사이에서 빨갛게 그을려 있었다. 거의 제 빛을 잃은 낡은 청바지 위로 길게 뻗은 손도 마찬가지였다. 전체로 보아 아담하다 할 수 있는 여자의 몸체에는 아직 고운 태가 남아 있었다. 그런데 지금 이 순간 민규를 적이 안심시킨 것은 그녀의 눈이었다. 여자의 눈은 민규에게 사슴을 연상케 했다. 그것은 산 밑으로 내려와 지는 해를 바라보고 있는 사슴의 형상이었다. 놀을 보는 사슴의 눈에는 수줍음이 담기다가는 사랑이 담기고, 사랑이 담기다가는 슬픔에 젖고, 그렇게 하다가는 돌연 그것들이 한 데 어우러져 놀빛을 환하게 되돌려 보냈다. 민규의 마음은 끝도 없이 그 눈빛에 빨려들었다.

민규는 여자의 눈빛 속에서 아버지와 어머니를 읽었다. 그는 하마터면 '당신이 이때쯤 여기 있을 줄 알았소' 라는 말을 중얼거릴 뻔한 자신을 알아차리곤 어깨를 움츠렸다. 여자 역시 정면으로 민규를 바라보고 있었는데, 그 사슴눈의 여자는 밖으로 내뱉지도 않은 민규의 말을 직접 귀로 듣기나 했다는 듯, 한 번 수줍게 웃었다.

"전 당분간 여기서 머물게 될 거예요. 선생님 모시면서."

여자의 눈에 일순 생기가 돌았다. 민규는 여자의 말에 아무런 대꾸도 하지 않은 채 자리에서 선뜻 일어섰고, 뒷걸음질로 문밖에 나와 여자에게 꾸뻑 고개 숙여 인사의 뜻을 표시했다. 여자는 민규를 향해 고개를 쳐들며 다시 한 번 수줍게 웃었다.

"쌀도 충분히 수퉁이에 부서놨어요. 선생님 좋아하시는 된장 고추장 다 날라다 놨어요. 간장과 소금은 옛날 것이 그대로 남아 있더군요. 전기는 끊어진 지 오래더군요. 그건 선생님도 다행으로 여기실 거예요. 두름박도 아직 쓸 만해서 끈만 단단히 매어놓았어요."

민규는 아무 말 없이 방문을 닫았다. 허탈해진 그는 마루 끝에 걸터앉으며, 자신의 옷차림새에 눈길을 던졌다. 자줏빛 잠바와 그 아래로 주름이 작두날처럼 서있어 그 속에서 가늘게 움츠리고 있을 자신의 무릎을 꺾어 버릴 듯 한 회색 모직바지, 그리고 흰 양말과 여기저기 논두렁 흙이 묻어 있었지만 아직 윤기 만만한 까만 구두를 번갈아 바라보았다. 민규는 아내의 얼굴을 떠올리며 그것들이 제법 비쌀 거라는 생각을 했다. 그는 비싼 옷과 아내의 관계를 점쳐보았다. 그럴듯해 보일 남편의 시골 행, 거기에 걸맞아야만 할 남편의 비싼 소풍옷, 남편의 모든 것을 다 안다고 판단하는 아내의 놀라운 자만, 그 판단이 착각일 뿐이라고 내심 키득대는 남편, 그러면서 역시 자만심을 자신한테만은 감추지 못하는 남편, 자신한테 소중한 것이 꼭 자신만의 비밀이 되어야 함을 고집한 남편, 아내는 그저 저 혼자 좋아서 남편을 선발했을 뿐인데, 그렇다면 아내가 더 순수하단 말인가, 비싼 옷과 함께……, 민규는 이런 생각들을 떠올리며 피식 웃었다. 마루 한가운데로 엉덩이를 옮겨 붙인 후 사지를 죽 뻗고 누웠다. 자신의 비밀을 속속들이 알고 있는 듯한 방안의 여자가 자신을 지금 이상으로 어떻게, 즐겁게든 기쁘게든 하진 않을 것 같다는 기분이 들었고, 그저 자신을 되는 대로 내버려둘 수 있는 충분한 소질을 가진 여자라는 생각이 들었다. 곧 편안함을 느낀 그는 들판을 달려올 때의 어린아이의 마음으로 되돌아갔다.

  방안에서 여자가 나와 그의 머리맡에 다가 앉았다. 그는 누운 채 팔베개를 하며 여자를 보며 웃었다. 그는 자신보다 예닐곱 아래인 것만은 틀림없을 이 사슴눈의 여자가 지금 이순간 자신보다 더 어른으로 보이는 느낌을 떨쳐버릴 수 없었다. 그의 눈에 그녀가 이 세상 어느 누구보다도 더 친절하고, 모든 것을 참아낼 수 있을 것 같은 사람으로 비쳤다. 그는 그녀 앞에서는 얼마든지 재롱을 부려도 상관없을 거라는 생각이 들었다. 철부지여, 행복이여, 그는 마음속으로, 오래 전부터, 그렇게 외치고 있었다.

  "가부좌나 틀고 앉아 있을 일이지 뭐 하러 좇아 나왔소?"

  여자는 아무런 대꾸도 하지 않았다.

  "내 마누라도 모르는 것들을 잘도 알고 있소?"

여자는 민규를 내려다보며 미소만 지었다.

"불제자요, 예수도요, 싸구려 귀신이요? 서양 귀신, 요정?"

여자는 연신 미소만 지었다. 민규는 여자의 그러한 미소에 아무런 생각 없이 끌려들어갔다. 그는 까닭도 없이 떠들어대고 싶었다.

"뭐라 말 좀 해보시오. 답답하오. 겉보기보다……, 나보다 훨씬 오래 산 사람 같은 태도를 보이니, 무슨 사연이 그렇게도 많소?"

민규를 내려다보던 여자의 눈빛은 환하게 타올랐다. 그 눈빛이 민규의 두 눈을 정확히 조준했다.

"선생님! 선생님 자신도 몰랐던 일을 스스로 알게 될 때 제가 누구인지 아시게 될 거예요."

두 사람은 더 이상 아무 말도 하지 않으려 했다. 여자의 눈빛이 민규의 전신을 한참동안이나 환하게 밝혔다.

민규는 느긋하게 팔베개를 풀며 윗몸을 일으켜 세웠다. 여자 앞에 정면으로, 장난기 어린 표정을 지으며, 어린 시절 뒷산 소나무 아래에서 보았던 딱정벌레들의 한가한 오후를 그려냈고, 가부좌를 틀고 앉았다. 그는 그렇게 웃으며 수없이 많은 권위적인 문장들을 생각해냈다.

"당신은 꽤 현명한 사람 같소. 좋소. 우리 집, 아니 이 외딴집에 머물 것을 정식으로 허락하는 바이오. 당신은 이미 당신이 차지한 안방을 쓰시오. 난 이쪽 머릿방을 쓸 테니까. 우리 부모님께서 그 방에서 날 낳고 기르셨다는 사실을 기억해 주기 바라오. 그 전에 당신들의 어린 딸을 그 방에서 잃기도 했었소. 자, 이제 당신 볼일 보시오. 난 내 볼일 볼 테니까. 참, 그리고 나도 이정도 가부좌는 틀 줄 안다는 사실도 잊지 마시오. 날 특별히 모신다 생각할 필요는 없는 게 아니오?"

민규는 계속 장난스럽게 웃으며 가부좌를 풀고 일어선 후, 몸을 돌려 마루를 끝내는 머릿방 문을 열었다. 그는 방안이 정리되지 않은 것을 다행스럽게 생각했다. 책상과 의자는 먼지를 견뎌내기 힘들 정도로 낡아 있었다. 먼지에 덮여 그의 발자국을 정확하게 찍어내는 장판지는 더 이상 방고래에 붙어 있을 힘이 없었던지 그가 발을 뗄 때마다 들썩이는 소리를 냈다. 민규의 눈은 책상 모서리 위에 놓여 있는 등잔에 가 있었다. 그는 오른손을 뻗쳐 뚜껑을 열어보았다. 석유는 한 방울도 남아 있지 않았고 그 대신 밑바닥까지 먼지가 앉아 있었다. 그는 왼손을 바지 주머니에서 빼어 서랍을 열었다. 초 토막 하나가 손잡이 쪽으로 굴러 내렸다. 그것은 거의 잿빛으로 변해 있었다. 민규는 그것을 꺼내 등잔 옆에 세워놓았다. 잠바 주머니 여기저기를 뒤적이다가 오른쪽 서랍을 열고 성냥 통을 꺼냈다. 초 토막에 불을 붙여보았다. 그는 들창문 종이에 희미하게 배어드는 불빛을 보는 순간 외로움을 느꼈다. 순간의 일이었지만 그것은 그에게 엄청난 외로움이었다. 가을걷이가 막바지에 접어들던 어느 일요일 오후였다. 그는 정말로 일을 하고 싶었다. 학교에 가지 않는 날이라도 아버지의 일손을 덜어주고 싶었다. 그렇지만 그에게는 공부 이외에 어떠한 일도 허락되지 않았다. 아버지의 지친 모습은 아들을 이 방안에 더욱 곤혹스럽게 가두어놓고 있었다. 멀건 대낮이었지만 그는 촛불을 켜고픈 마음을 떨쳐버릴 수 없었다. 너무 곤혹스럽고 외롭기까지 했다. 그는 촛불을 밝혀놓고 억지로 증명문제를 만들고 있었다. 지구가 태양열에 분해되어 공기로 변할 날이 앞으로 천년 남아있음을 증명하라가 그것이었다. 민규는 흠칫 놀라 촛불을 껐다. 그름 섞인 불꽃이 피어올라 그의 콧구멍을 가득 메웠던 먼지 냄새를 태웠다. 그는 지금 자신이 입고 있는 옷을 벗어버리고 싶었다. 그는 안방 벽장 안에 있을 아버지의 일옷을 생각해 냈다. 그의 어머니도 그도 그 옷들을 태워버릴 수는 없었다. 그는 가슴이 뭉클해지며 그 옷들을 부둥켜안고 싶어졌다. 그는 방문을 열었다.

그런데 옷들은 방문 앞에 있었다. 여자의 두 팔 위에 단정히 놓여 있었다. 여자는 역시 미소를 잃지 않은 채 그것을 민규의 품에 내밀었다. 또 한 번 허탈감을 맞본 민규는 을씨년스런 표정을 지었다. 그는 자신도 모르게 그 때의 소년처럼 증명 문제를 던져댔다.

"당신의 성분은 뭐요? 도대체, 이 우주, 아니……, 최소한 이 지구 안에서 당신을 이루고 있는 미립자의 의미는 무엇이오? 내가 선생질은 영어로 했지만, 일찍이 물리학 공부를 원했었고, 뜻은 이루지 못했지만, 그 가닥은 아직 남아있는 것 같소. 이거 일거리가 생길 것 같아 큰일이구려. 당신 덕분에 그 가닥이 되살아나면……. 모르겠소. 아무튼 내 아내는 그저 쉬고 있으라는 명목으로 날 이곳에 보냈다는 사실을 명심하란 말이오."

민규는 어린애처럼 입을 씰룩거리며 옷을 받아들곤 방문을 닫았다. 책상 위, 먼지 위에 그 옷을 올려놓은 후 그는 자신이 입고 있던 옷을 책상 밑 구석으로 벗어던졌다. 그리곤 그 때의 땀내와 습내가 오묘하게 엉켜있는 선친의 일옷을 입었다.

그가 옷을 갈아입고 마당에 내려왔을 때 개나리울타리 그림자는 우물가에 번지고 있었다. 그는 장작을 패고 싶었다. 그는 이때쯤 아들 방 아궁이에 불을 넣기 위해 뒷산에 올라 장작을 패곤 하던 아버지의 모습을 떠올렸다. 그는 마루 밑에서 톱과 도끼를 꺼내들었다. 모두 녹이 슬어있었다. 민규는 그 녹 속에서 아버지의 모습을, 노을에 빨갛게 익어가고 있던 야윈 얼굴을 찾아냈다. 그는 왼손에 톱을, 오른손에 도끼를 들고 뒷산으로 뛰어올랐다.

 그는 산기슭 여기저기 널려있는 소나무 밤나무 아카시아나무 등걸들을 주워 모아놓고 도끼질, 톱질을 했다. 도낏날과 톱날에 슬어있던 빨간 녹은 나무가 간직하고 있던 물기를 견뎌내지 못했다. 민규는 나무가 짜개질 때마다 매번 가을햇살에 선명하게 번쩍이는 도낏날에서 스스로 억제할 수 없는 기쁨을 맛보았다. 그는 도끼질을 멈췄다. 도낏자루를 지팡이 삼아 허리를 폈다. 놀이 산바람에 흩날려 민규의 시선을 마을 건너편 산중턱 공동묘지 쪽으로 흘려보냈다. 길게 뻗어 오른 그의 야윈 몸을 헐찍하게 감싸고 있는 일옷자락 역시 점점 짙어지는 노을을 가끔씩 헤집곤 하는 골바람 따라 살랑댔다. 그의 움푹 패인 양 볼 위에 수려하게 날개를 편 두 눈은 온통 노을빛에 젖어, 그 위에 평평하게 펼쳐진 그의 이마를 한층 쓸쓸하게 보이게 했다. 왼팔로 도낏자루를 괴고 있던 그는 그 이마 언저리에 오른손을 올려 붉게 물든 노을빛을 가렸다. 지금 민규의 그러한 모습은 그의 아버지의 생시 모습 그대로였다. 그의 아버지는 그렇게 어린 딸의 무덤을 찾고 있었다. 봉분도 없는 무덤이었다. 그의 아버지는 거적때기에 둘러싸인 어린 주검을 공동묘지 한쪽 구석에 아무도 모르게 파묻었다. 민규는 아홉 살 나던 해에 어머니로부터 그 누이의 이야기를 들었고, 그 후 아버지의 그러한 한스러운 노을빛을 놓치지 않게 되었다. 민규의 시선은 그의 아버지와 어머니가 함께 묻혀있는 무덤과 아울러 어딘가 외진 곳에 자리 잡고 있을 누이의 무덤을 더듬었다.

 "그만 내려가시죠. 그 정도면 오늘 저녁 충분히 때겠어요."

 골바람을 타 살랑거리는 여자의 음성이 민규를 돌아서게 했다. 민규는 도끼를 장작더미 위에 던져놓고 풀섶에 풀썩 주저앉았다. 여자가 그 앞에

다가서 장작더미를 한 아름 안아들었다. 자그마한 체구에 비해 큰 힘이었다. 민규의 눈에 금방 쓰러질 듯 보이던 여자의 몸이 꼿꼿이 선 채 집을 향해 돌아선 것이었다.

"그걸랑 그 자리에 내려놓고, 이리 와 앉아보시오."

민규는 자신이 앉아있는 풀섶 옆자리를 손바닥으로 다독거리며 사슴눈의 여자에게 자리를 권했다. 여자는 아무 말 없이 장작더미를 내려놓고 그 자리에 앉았다.

"자 이렇게 노을이나 봅시다. 해가 저쪽 산마루에 퐁당 가라앉으면 내려갑시다."

"전 저런 하늘 싫어요."

여자의 음성이 축 처져 흘러나온 것에 놀란 민규는 놀에서 여자의 얼굴로 눈길을 돌렸다. 그녀의 눈은 감겨 있었다. 어느새 노을빛에 젖어든 두 눈두덩에서는 슬픔이 내려오고 있었다. 민규는 다시 노을 쪽으로 고개를 돌렸다.

"사람 놀라게 하는 재주 한 번 대단하오. 아까까지는 꼭 세상일 달통한 도사 같더니만, 이젠 세상 괴로움 다 짊어진 사람 꼴을 하고 있으니 말이오."

민규의 말이 끝나자마자 여자는 슬쩍 웃었다.

"참……, 이젠 웃기까지 하니, 아무튼 당신은 사람인 것만은 틀림없는 것 같소. 안심이 되기도 하지만 걱정이 뒤따르니 이 일을 어쩐다요?"

"선생님께 걱정 끼쳐드리려고 이곳에 온 건 아니니 안심하세요."

"정말 갈수록 사람다운 말만 골라서 하는 구려. 이젠 당신하고 좀 친해질 수 있다는 생각까지 드니 큰일이오. 그런데 당신 같이 젊은 여자가 뭐 하러……."

 민규는 말끝을 흐렸다. 처음 대할 때와는 달리 뭔가 사연을 품고 있는 듯 보이는, 이제 제법 사람처럼 보이는 여자에게 신상에 관한 이것저것을 캐묻는다는 게 겸연쩍은 일로 생각되기도 했다. 그는 빙긋 어린애처럼 웃으며 엉뚱한 질문을 던졌다.
 "이곳저곳 다 치워놓고 왜 머릿방만 그대로 두었소?"
 "그렇지 않아도 지금 닦아놓고 오는 참이예요."
 "그 뜻이 아니고."
 "알아요. 그 먼지를 미리 닦아놓았다면, 선생님은 지금 이곳에 올라와 있지도 않았을 거예요."
 "그건 또 무슨 말이오?"
 "저보다 선생님이 더 잘 아실 텐데요."
 여자는 어느새 민규를 정면으로 바라보고 있었다. 그녀의 사슴눈은 아까 마루에 앉아있을 때처럼 타오르며 정확하게 민규의 두 눈을 조준했다.
 "또 도사로 변하는 구려. 그만 내려갑시다. 당신이 계속 도사를 고집할까 두렵소."
 커다란 해가 서쪽 산마루 너머로 미끄러져 내려갔다. 풀벌레들이 울기 시작했다. 붉은 노을빛과 어둠이 투명하게 엉켜 산기슭 아래 외딴집으로, 그 아래 텃배미 논으로 내려가 벼이삭들의 속삭임을 무겁게 가라앉혀 갔다. 여자는 품에 장작더미를 안고, 그 나머지를 오른쪽 어깨에 올려놓은 민규는 왼손으로 톱과 도낏자루를 몰아 쥐고 산기슭을 내려왔다.
 여자는 부엌, 민규는 머릿방 아궁이 앞에 장작더미를 흩어놓았다. 여자가 먼저 양철 물동이를 들고 우물에 나와 두레박질을 했다. 민규가 머릿방

모퉁이를 돌아 나와 두레박을 가로챘다.

"힘든 일은 내가 할 테니 부엌 아궁이에 불이나 지펴 놓으시오."

어스름이 마지막 노을기운을 몰아냈다. 민규의 두 팔이 두레박줄을 타고 번갈아 어스름을 갈랐다. 그 모습을 멀거니 바라만 보고 있던 여자가 부엌으로 들어갔다.

물동이에 물을 채운 민규는 그것을 들고 먼저 부엌으로 들어가 가마솥에 그 반을 부은 다음, 머릿방 아궁이에 걸려 있는 양은솥에 나머지 반을 부었다. 그리곤 우물에 나와 물 한 동이를 다시 채워 부엌 부뚜막에 올려놓았다. 그의 아버지가 생시에 하던 일 그대로였다. 부엌 아궁이에서 불쏘시개 하나를 빼내어 머릿방 아궁이에 불을 지피는 일이 그다음 순서였다.

장작개비들은 불꽃에 송진과 습기를 뱉어내느라 피시식 소리를 냈다. 방고래 깊숙이 빨려드는 그 불꽃을 보며 민규는 가슴 조였다. 아궁이에서 새어나오는 불빛이 그의 가슴과 얼굴을 벌겋게 물들였다. 그는 이 아궁이 앞에 쪼그리고 앉아 불꽃을 달래고 있었을 아버지의 모습을 떠올리며 안도의 숨을 내쉬었다.

장작을 아궁이에 다 밀어 넣은 후 민규는 우물로 나왔다. 물이 채워진 놋대야 옆에서 여자가 두 손에 수건을 받쳐 들고 서있었다. 그는 얼굴과 손을 씻고 나서 힐끗 여자를 흘겨보며 수건을 낚아챘다.

"자꾸 이런 식으로 나오지 마시오. 난 사람과 친하길 원한단 말이오."

겸연쩍게 얼굴의 물기를 닦아내는 민규의 몸짓을 여자가 빙긋 웃으며 바라보았다. 사위는 완전히 어둠에 덮여 울타리 안으로 별빛이 쏟아져 내렸다.

"당신은 참, 표정엔 천잰가 보오. 어찌 그렇게 적시적소에 따라 요지가지로 표정을 바꿀 수 있단 말이오?"

"별빛 때문에 그렇게 보일 거예요."

여자의 뜻밖의 별빛선언에 민규의 기분은 돌연 달떴다.

"어어라! 당신 시인이기도 한가보구려. 학창시절 나도 시를 써보았다오. 마누라 등쌀에 작파해버렸소만."

여자는 자신 앞에서 어린애로 변해버려 수다를 떨곤 하는 민규를 보며 생긋이 웃었다.

"어어? 또 바뀌네."

"이제, 그만하시고 저녁 드셔야죠."

여자는 부엌으로 들어갔고, 민규는 마루에 올라앉았다. 여자가 부엌에서 밥상을 들고 나왔다. 그녀는 일단 마루턱에 상을 올려놓은 후 마루에 올라 그 밥상을 다시 들어 단정한 자세로 민규 앞에 놓았다. 민규가 밥상머리에 다가앉자 여자가 마루 끝에 걸터앉았다. 캄캄한 어둠이 마루 안으로 밀려들었다.

"왜, 같이 들지 않으시고?"

"전 선생님 다 드시고 난 후 부엌에서 먹겠어요."

여자는 처마 끝으로 꺾여 들어오는 별빛을 헤아리고 있었다. 햇빛에 빨갛게 그을려 있던 여자의 얼굴이 이제 별빛에 그을려 구릿빛을 내고 있었다. 민규는 '꼭 그럴 필요가 있겠느냐'라는 말을 목구멍으로 꿀꺽 삼킨 채 수저를 들었다.

"이 비린 음식들은 웬 것들이오?"

"건넛 동네 초상집에서 얻어온 것들이에요."

민규는 수저를 놓고 턱이 여전히 처마 끝을 향해 쳐들리어 있는 여자의 모습을 보았다. 그는 어린 시절 가뭄이 들던 해 동네 잔치마당이나 초상마당에 다녀왔을 때의 어머니 모습을 떠올렸다. '일 거들며 실컷 먹었다' 라고 말했었지만 실은 마른 침으로 굶주림을 삼키며, 창자를 파고드는 들기름 냄새와 싸우고 있었을 어머니 모습과 싸우고 있는 자신을 발견했다. 그는 마른 침을 한 번 꿀꺽 삼키곤 다시 수저를 들어 목구멍으로 음식을 밀어 넣었다.

  머릿방 안엔 잠자리가 펴 있었다. 그는 일옷도 벗지 않은 채 그 자리 위에 쓰러졌다. 함지박 속에서 그릇 부시는 소리가 별빛에 실려 우물가로부터 창호지 문안으로 새어들어 왔다. 여자에 대해 뭔가를 생각해 보아야 되지 않겠느냐는 의문이 민규의 뇌리를 스쳤다. 그러나 그것이 일종의 의무감으로 느껴지는 순간 그는 여자에 대한 생각을 거두었다. 그는 당장이라도 논에 나가 벼를 베고 싶었고, 그와 동시에 고단함을 느꼈다. 모든 일을 잊어버리고 싶다는 생각이 그를 서서히 잠들게 했다.

2. 아침 햇살, 미친 여자

    산 밑 외딴집을 감돌던 안개가 아침 햇살에 밀려 텃논으로 내려가 고개 숙인 벼이삭들의 아침잠을 깨웠다. 동트기 전 산기슭에 올라 밤을 줍던 민규는 아침 햇살과 누런 벼이삭과 안개에 이끌려 집으로 내려왔다.
    "성님, 참말로 오래간만이고만요. 그간 댁내 평안하셨요?"
    우물 옆에서 집안 여기저기를 불안한 눈초리로 살피고 있던 그의 사촌이 그를 반갑게 맞았다.
    민규는 식전 방문객의 불안한 낯빛이 가셔지는 동안 입을 열지 못했다. 사촌의 신경이 온통 여자에게 가 있었음을 직감한 것이었다. 여자는 부엌 문을 활짝 열어놓고 불을 때고 있었다. 모퉁이 엉떡에 있는 굴뚝에서 가물가물 연기가 피어오르는 것을 보고서야 민규는 사촌에게 손을 내밀었다.
    "식전부터 웬일이신가? 제수씨도 잘 계시고?"
    "그냥 그렇죠."
    사촌은 일에 시달린 농투산이의 표정을 그대로 드러내며 민규가 건넨 손을 양손으로 쥐었다. 민규와 마찬가지로 길고 마른 편인 그의 몸집이 민규의 턱밑으로 바싹 숙여졌다. 민규보다 한 살 아래인 그가 민규보다 훨씬 나이 들어 보였다.
    "마루로 가세."
    "그렇게 허시죠."

두 사람은 서로 겸연쩍어 하며 마루에 걸터앉았다. 방문객이 뭔가 의아하다는 눈초리를, 주인 앞에서 감추지 못해서였다. 침묵에 익숙지 못한 농투산이 방문객이 꾸역꾸역 먼저 입을 열었다.

"성수님 헌티 즌화받고 왔구만요. 무사히 잘 도착허셨는가 궁금혀서 즌화 혔다고 허시드만요. 잠시 쉬러 오셨다고……, 잘 좀 부탁허신다고…….

"잘 부탁허긴, 뭘? 신경 쓸 것 없으시네. 공연히 전화해가지고선, 동생만 번거롭게 하고……."

"번거롭다뇨? 당연히 인사허러 오야 안 쓰겄남요."

그는 주인의 집안 책망이 듣기 민망하다는 듯 호들갑을 떨었다.

"미안하네. 오는 길목인데 집에 들려보지도 못하고. 하도 정신없이 내려오다 보니 그렇게 되었네."

민규는 텃논을 지워주는 사촌에게 늘 미안하다는 생각을 하고 있었다. 그는 간곡한 청이 되다시피 한 민규의 거절에도 불구하고 매년 추수가 끝나면 기어코 삼 할을 달아 기차 정거장으로 실어 나르곤 했다. 민규는 자신에게 이른바 유산이 된 셈인 이 외딴집과 그에 딸린 텃논의 가치를 돈으로 환산한 적이 없었다. 거기에서 그가 늘 마음 조이며 생각하는 것은 아버지와 어머니의 고통스런 삶뿐이었다. 그에게 문제되는 것은 소작료 납부라는 전근대적 관습만은 아니었다. 고통으로 이어진 부모의 삶을, 뼈저린 유산을 사촌에게 떠넘기고 있다는 자책감이 그를 늘 가슴 아프게 했다. 그러한 그의 가슴앓이는 이 고라실 구석에 남아 돼지를 기르며 이장 노릇까지 하는 사촌의, 경우 바른 너스레에 의해 무뎌지게 되었고, 아내의 현명함에 의해 묵살되곤 했었다.

"그게 뭔 말씀이라요. 근디, 방학기간도 아닌디 어쩐 일로 이렇게 쉬러 오셨쇼?"

"아닐세, 학교에서 쫓겨났네!"

민규는 사촌의 너스레를 싹둑 잘랐다. 비로소 민규를 정면으로 바라보게 된 사촌은 의아한 표정을 감추기 힘겨워 하면서도 그 말을 믿지 않으려 했다. 그래서 그는 다시 너스레를 떨었다.

"성님 같은 분이 쫓겨나면, 이 시상 선상질 헐 사람 어디 남겠소? 요새 교원노조다 뭐다 테레비서 막 떠들드만, 군자 하랍시 같은 성님과는 다 상관없는 일일 것이고, 혹 어디 편찮으신 디라도……?"

"아닐세, 정말 쫓겨났네."

풀이 죽은 농투산이는 고개를 떨구었다. 다시 침묵이 흘렀다. 이번엔 특별시민이 그 침묵을 견디기 힘겨워 했다. 침묵은 좀처럼 깨지려 하지 않았다. 어깨를 꾸부정하게 숙인 채 마루에 걸터앉아 있는 민규는 바지주머니에 손을 넣고 밤알을 만지작거리며, 자신에게 곧잘 지어보이곤 하던 아내의, 현명함을 나타내는 듯한 표정을 떠올려 보았다. 마루로 밀려든 아침햇살이 그의 얼굴을 간지럽혔다. 그는 미간을 찡그리며 사촌 쪽으로 고개를 돌렸다. 농투산이는 아직 풀죽은 대로였다. 민규는 난감했다. 가난하기 이를 데 없는 시골살림으로 아들을 대학 보내 선생님 되게 하고, 부잣집 며느리까지 본 큰아버지의 인내에 사촌은 적이 존경심을 품어오던 터였다. 그는 민규를 부러워하기보다는 큰아버지의 말없는 인내심에 감동하고 있었다. 해 긴 여름날 민규가 옆구리에 책가방을 끼고 빛바랜 중학생 모자를 푹 눌러쓰고 동네 어귀에 들어올 때쯤이면 그는 그곳 논둑에서 소에게 풀을 뜯기고 있었다. 두 사람은 그런 마주침을 서로 괴로워했지만, 어떻게 달리 해볼 길이 없었다. 민규에게는 지금 자신의 심경을 그에게 어떻게 설명할

길 또한 없었다.

민규는 어제 여자의 타오르던 눈빛을 떠올렸다. 그 눈빛이 지금 그를 짜증스럽게 했다. 솥뚜껑 여닫는 소리가 부엌에서 두 사람의 귀까지 긴 곡선을 그었다. 숙인 채로였던 사촌의 고개가 부엌 쪽을 향해 쳐들리었다. 뭔가 다급함을 느낀 민규는 먼저 말을 꺼냈다.

"저 여잔 뭘 하는 사람인가?"

그의 말투에선 어제 그가 느꼈던 모든 신비감이 사라져 있었다. 그는 그런 자신이 짜증스러웠다.

사촌은 기다렸다는 듯 자신의 얼굴을 민규에게 바싹 들이밀었다. 그러나 여전히 의아한 낯빛을 감추진 못했다.

"참말인가요? "

"뭐가?"

민규가 허리를 꼿꼿이 세우며 되묻자 사촌이 어물어물 입을 열었다.

"학교 말이요?"

"그렇다니까?"

"저, 지가 그 내막이사 뭐 자세히 알겠어요? 또 저 같은 촌놈이 알아서 뭣허겠요? 그건 그렇다 치고요, 저 거시기……?"

"거시기 뭐?"

"저 여자 참말로 모르는 사람요?"

"참, 답답도 하시네! 그건 방금 전 내가 묻지 않았나?"

민규가 연신 다그쳐 묻자 사촌은 그제야 불안한 눈초리를 거두었다.

"저도 깜작 놀랐고만요. 어떻게 여그 와서……, 버젓이 불까정 때고 있으니, 원?"

"왜? 잘 아시는 사람인가?"

민규의 말투에서는 여자에 대한 어제의 신비감이 점점 걷혀 갔다. 사촌의 만만해진 태도에 안심이 되었다는 듯 민규는 그에게 제법 호기심 어린 눈빛을 날릴 수 있었다.

"잘 알다뇨? 면내에서 저 여자 모르면 간첩요."

"뭐하고 사는데 그리 유명한가?"

"허는 일이라고 뭐 있겄어요? 하여간 초상집은 안 빼놓고 속속이로 다녀요. 고라실서 들녘꺼정 초상만 났다 허면 안 쫓아댕기는 디가 없당개요."

"가서 뭐한다던가?"

"하기는 뭘허요. 그저 일 거들고, 기도허고. 참 근디 저 여자 기도가 영험이 있긴 있나 보대요! 하여간 저 여자가 기도만 허기만 허면 초상집이 편안혀진다네요."

"어쩌다 그렇게 됐다던가?"

"예배당도 좀 다닌 가락이 있는가보대요. 가끔 여그저그 교회도 찾아가서 목사들 훈계는 도맡아서 헌다네요. 교회서들은 마귀가 들렸다고들 허드만······."

사촌은 더 이상 말을 잊지 못하고 고개를 떨구었다.

"그런데?"

"······."

민규가 호기심차게 다그쳤지만 사촌은 아무 대답도 하지 않았다. 민규가 좀 겸연쩍어 하는 눈치를 보이자 이번엔 사촌이 고개를 들고 나섰다.

"근디 저 여자가 어찌 여그를 와있대요?"

"글쎄, 어제 오후 나보다 먼저 와있더군. 방안에서 가부좌 틀고 기도하고, 뭐어, 내가 올 줄 알고 기다렸다데. 날 모신다더구만."

"그려서, 가만 놔뒀어요?"

"그럼 어쩌겠나? 날 모신다고 저러고 있는데."

민규가 빙긋 웃으며 너스레를 떨자 사촌은 기다렸다는 듯 굳은 표정을 풀며 키득거렸다. 그러다가 이내 한숨을 쉬었다.

"허기사, 모질지 못한 성님 성격에 내쫓을 수야 있겠어요. 생각혀보면 참 불쌍한 여자이기도 하고만요. 어쩌다 서방 잘못 만나 저렇게 실성 하고……"

"실성이라니? 그럼 미친 여자란 말이신가?"

민규는 순간 꼭 미친 여자라는 말을 내뱉어야 했던 자신이 미워졌다. 다시 여자의 타오르던 눈빛이 떠올라 그의 마음을 쓸쓸하게 했다.

"말허자면 그렇죠. 근디, 그 서방이란 놈이 악질은 악질요. 저 건너 월산리서 사는 놈인디, 그놈이 돈맛을 알아가지고 설랑, 어휴, 말 허기도 싫고만요."

"말해보시게."

민규의 음성에는 더 이상 힘이 들어가 있지 못했다.

"저 여자로 말할 것 같으면 월산리 고아원 출신 아뇨. 얼굴이 반반허니께 그놈이 살랑살랑 꼬디겨다 애를 배놨죠. 첨인 고아라고 맨마시보구 그놈 집서 반대혔는디, 그 동네 교회 목사가 나서서 이러고 저러고 힘을 쓰니께 할 수 없이 식 올리고 그놈도 교회 따라 다니기꺼정 혔죠. 근디 그 어린 것이 그간에 얼매나 상심혔겠어요? 첫애 떨어지고 나니 다음부터 애가 들어서야죠? 십여 년 시미 눈칫밥이 오직 혔겠어요? 그려도 본시 착헌디다가 의지가지 없는 것이 죄라고 버티고 살 수밖에 더 있남요. 근디 그 썩을놈의 서방조차 맘이 돌아서버리고 말었고만요. 몇 년 전부텀 택없이 땅값이 올라 얼씨구나 하고 논마지기 있는 것 팔어가지구 솜리 가서 장사를 허드만, 참내, 돈맛을 보더만 눈에 뵈는 게 없어진 거죠. 어디가서 다방년 하나 물어다 솜리다가 떡 살림꺼정 챙겨주더니만 그때부텀 시미 서방 덩달어 나서 지랄이니……. 애기 못난다고 생 구박질들 다 허드만 기여 저 양같은 여편네를 내쫓고 말었고만요. 원 애기는 즈놈 땜에 못낳았지……, 어쨌든 내치지는 말었어야 혔을 것 아닌감요? 시미는 관두고라도 그놈 젊은 놈이 징말 악질이고만요. 근디말요, 성님!"

"알았네, 그만 하시게."

민규는 힘겨운 어조로 사촌의 말을 중단시켰다. 그러나 사촌은 자신이 민규에 대한 뭔가 의무감 같은 것을 가졌다는 어투로 다시 입을 열었다.

"근디, 저 여자 으뚷게 하실라요? 그냥 여그다 놔둘 순 없잖요? 성님 체면도 있고 혀서, 중 어려우먼 성수님께 즌화 느가지고, 거시기 정신병원에라도?"

"이 사람, 큰일 날 소리 하시는고만!"

민규가 발끈 두 눈을 치켜뜨자 사촌이 의아하다는 듯 그 모습을 바로 쳐다보다가 기세에 눌려 머리를 떨구었다.

"미안하네. 정신병원이란 말에 그만 아찔했네. 실성했다 하지만 보아하니 사람 해코지할 사람은 아닌 것 같네."

"죄송허고만요. 지도 그게 본뜻은 안였요. 그저 성님 체면 생각혀서."

"앞으로 가까이 살 텐데 자꾸 체면시비 마시게. 난 고향에 쉬러 온 게 아니라 일하러 왔네. 저 여잔 동생 말대로 처지가 딱한 것 같으니 당분간 그냥 놔둬보세. 거 쓸데없이 내 식구한테 연락해서 그 바쁜 사람 일 만들게 하지 말기로 하세."

"그렇겠고만요. 근디……?"

"뭔가? 말씀해보시게."

사촌은 빤한 눈을 하고 쳐다보는 민규를 겸연쩍다는 듯 외면했다. 그는 방금 전 민규의 기세에 눌려 있던 터라 더 이상 말을 잇지 못했다. 그건 '정말 일을 하러왔소' 라는 말이었다. 그는 멈칫거리며 마루 끝에서 엉덩이를 들었다. 그는 민규에게 억지웃음을 지어보였다.

"앞으로 식산 으뚷게 하신대요? 뭣하면 아침만이라도 즈 집에서 드시는 게 어떻겄어요."

"저 여자가 날 모신다니 어쩌겠는가?"

민규는 빙긋이 웃었다. 그 웃음 속에서 아침 햇살과 더불어 쓸쓸한 빛이 한 차례 몸서리를 쳤다.

사촌이 돌아가자마자 민규는 무릎을 꿇은 채 마루 위에 털썩 고꾸라졌다. 그는 여자의 한스런 눈빛을 떠올렸다. 초상마당의 비린 음식들이 떠올라 정말 그의 창자를 자극했다. 그는 마룻장에 질끈 이마를 댔다. 양쪽 바지주머니에 들어있던 밤알들이 그의 가슴팍을 쿡 찔렀다. 그는 자신의 마음 깊은 곳에서 누군가가 우는 소리를 들었다.

3. 혁명가, 빙긋 웃는 여자

　민규는 여자에게 아무 말도 하지 않았다. 여자는 아침 설거지를 끝내고 마루에서 가부좌를 틀고 앉아 오전 내내 기도만 하고 있었다. 머릿방 문턱에 걸터앉은 민규는 물끄러미 그 모습을 바라보고 있었다. 가을 햇살은 여자의 얼굴 주위에 모여들어 맑은 원을 그렸고, 민규는 그 맑은 원에, 빛에 끌리고 있었다. 그는 그 빛에서 그를 끌어들이는 어떤 근원적인 힘을 느꼈다. 점심을 먹고 나서도 여자는 마찬가지였다. 모든 걸 그냥 내버려둘 수밖에 없다는 생각에 이르자, 그는 톱과 도끼를 꺼내들고 뒷산기슭으로 올라갔다.

　나무 등걸들을 모아다 놓고 막 도끼를 쳐드는 순간 민규는 사촌의 헛기침 소리를 들었다. 그는 힘없이 도끼를 등걸 위에 던져놓으며 사촌 쪽으로 몸을 돌렸다. 민규의 눈에 맨 먼저 뜨인 것은 사촌의 오른손에 들려있는 신문이었다. 그는 등걸 위에 털썩 주저앉았다.

　"신문에 뭣이 낳는가 보구만?"

　"촌이라 점심 때 다 되어서야 신문이 오는고만요. 성님 얘기가 났더고만요. 직접 한 번 보셔요."

　"볼 필요 없을 것 같네."

　산바람이 민규의 이마에 맺힌 땀방울을 씻어냈다. 벼이삭들이 그의 눈길 아래에서 어제보다 더 따갑게 영글고 있었다. 논둑으로 밀려 내린 콩잎들은 가을 햇살에 마지막 푸른빛을 빼앗기지 않으려 안간힘을 썼다.

"성님 같은 분이 교원노조라니, 대체 모를 일도 많고만요."

"빠르기도 하군. 끔찍하네!"

"예?"

"아닐세."

민규는 여기저기 바쁘게 나다니며 뭔가 일을 꾸미고 있을 아내를 떠올렸고, 곧 사촌에게 엉뚱한 말을 한 것을 후회했다. 농투산이 사촌이 놀라움과 걱정과 실망과 모종의 책임감까지를 한꺼번에 뒤집어 쓴 채 허겁지겁 이곳까지 올라왔을 거라는 생각이 들어서였다.

"좀 앉으시게."

"그려요."

사촌이 엉거주춤한 자세로 민규 옆 나무 등걸 위에 앉았다. 민규가 그 모습을 보며 피식 웃었다.

"자꾸 동생 번거롭게 할 일만 생기는 것 같아 미안하네."

"지가 번거로울 거 뭐 있겠어요? 근디 옛날 생각이 나서요? 그려도 성님은 공부혀서 출세혔는디."

사촌의 눈길이 멀거니 앞산 고갯마루를 향했다.

"선생질이 뭐 출세랄 거 있나?"

"그런 말씀 마셔요. 성님 졸업허고, 허자마자 발령 받았다고 집안에서들 얼매나 좋아혔는디요? 신문서 성님 기사를 보다 보니께 으찌 허망허든지……."

사촌의 음성이 조금 높아져 있었다. 민규는 고개를 떨구었다. 그는 '미안하네 동생, 나도 옛날이 그리워 이렇게 도망치다시피 고향에 돌아왔다네'

라는 말을 억제하느라 애썼다. 어떠한 말로도 농투산이의 허망한 심정을 달랠 수 없을 거라는 생각이 그의 마음을 짓눌렀다. 그에게는 아내가, 특별시의 짓거리들이 원망스러울 뿐이었다. 외딴집에서 앞으로의 생활이 그리 편치만은 않을 거라는 불안감이 그를 엄습했다.

"허기야 시상 돌아가는 꼴이 우리 같은 사람 헌티도 그러니께요. 선상님들 보기엔 오직 허겄어요?"

"농사짓는 사람들 살기가 갈수록 어려워진다드만……?"

"어려워지다 뿐이겄어요? 구장질도 드러워서 못혀먹겄어요. 면서기들, 지서 순경들, 지도소원들, 다덜 씰디없는 짓들만 허느라고, 허기야 그 사람덜보고도 뭐라고 못혀요. 다덜 위서 아래로 갈구는 시상이 되야버렸응게. 몰르긴 혀도 학교도 매한가지 겄죠. 애들 땜에 학교 몇 번 가봤는디 거그도 위 아래로 쫙 섰드라고요. 오직허면 선상들이 노동조합이겄요. 성님처럼 먹고 살 것 걱정 없는 사람이야 사표 내고도 남겠죠."

"먹고 살 것 걱정 없어서 사표낸 건 아니네!"

민규는 버럭 소리를 질렀다. 그리고 이내 후회했다. 그는 사촌의 어린 시절 모습을 떠올렸다. 실밥이 너덜하게 풀려나와 황톳물 쩌든 잠방이만 걸친 까까머리 소년이 대나무 자루 끝에 통고무신 밑창을 붙여 만든 파리채를 들어 소등에 엉겨 붙은 등파리를 겨냥하고 있었다. 그 모습이 어린 민규에게 한없이 쓸쓸하고, 또한 진지하게 보였었다. 민규는 그 때 그 소년을 보던 눈으로 조심스럽게 사촌을 바라보았다. 사촌은 어깨를 움츠리고 있었다. 민규는 괴로웠다. 뭐라 뚜렷이 할 말이 없어서였다. 어깨 움츠린 농투산이가 먼저 입을 열었다.

"죄송허고만요. 말끝이 어쩌다 씰디없는 소리가 터졌고만요. 꼭 성님을 두고 헌 말은 아닌디…….”
"내가 공연히 화를 냈나보네. 이해하시게. 동생한텐 배 부른 소리로 들릴 지도 모르지만, 내 뜻대로 잘 먹고 살아본 적은 한 번도 없다네."
"허기사 그렇기도 허겄죠. 이곳서 그전 살아오던 일들이 뻔헌디 군자 같은 성님 성격에 오직혔겠어요."
"자꾸 군자 군자 하지 마시게. 괴롭네."
 민규는 사촌 앞에서 아내 흉을 실컷 쏟아버리고 싶었지만, 사촌이 그것을 흉으로 여길 리도 없을 뿐더러 복 많은 놈, 복에 겨워 마누라 자랑까지 한다는 비아냥을 면할 길이 없을 것 같아 군자라는 말마디로 꼬투리를 잡은 것이었다.
"참, 근디 난처한 일이 생겼고만요. 아까 지서서 즌화 왔었어요."
"왜? 날 잘 감시하라던가."
 민규가 빙긋이 웃으며 말하자 사촌의 마음이 한결 가벼워지는 듯 했다.
"그것들, 잡으라는 도둑놈들은 못잡으면서 맨날 어른 짓만 골라서 뀌미고, 참말로 구장질 못혀먹겄어요."
"그래도 내가 그 덕 보게 생겼고만 그러시나? 다른 사람이 허는 것보다야 백 번 낫지 않겠나?"
"지 덕 볼 것 하나도 없고만요. 성수님이 높은 양반덜 잘 통헐틴디 덕을 보면 그 덕을 보지 고라실 구석 구장덕을 보겄어요? 구장질 헐만한 사람이 어디 남기나 혔간디요? 그저 우리 나이 또래 엔간하면 다덜 솜리로 서울로 내빼버렸, 나 같은 못난이만 이러고 남아 있지 않는 감요?"
 민규는 한숨을 내쉬었다. 농촌 살림에 대한 걱정 때문에서가 아니라, 자신의 아내 이야기가 그런 식으로 터져 나와서였다. 그는 이 순간 사촌의 심정에 걸맞을 뭔가 적당한 걱정을 해야만 했다.

"돼지로는 재미 좀 보셨나?"

"재미가 다 뭐요. 사료금만 올르지 산피값이 따라줘야 말이죠. 한 오십 두 남은 것 올 안으로 처분허고 작파혀야 헐 판국요."

"젖소를 해보지 그러셨나?"

"젖소요? 다 마찬가지요. 위여선 말로만 축산이다 뭐다 떠들어쌌지, 그 말 공덕을 누가 뭐로 다 갚는대요? 분유 수입은 관두고라도 차라리 말이나 들 안혔으면 쓰겄당개요."

사촌의 성토가 민규의 귓가를 맴돌 뿐이었다. 민규는 쉴 새 없이 일만 하던 아버지를 생각하고 있어서였다. 쟁기질을 비롯해서 거의가 날품팔이 일이었다. 그러면서도, 아들 등록금을 대면서도, 텃논을 잃지 않았다. 마지막 등록금을 내기 위해 연명줄이던 소를 끌고 나서며 입을 굳게 다물고 있던 아버지의 모습을 생생하게 떠올렸다. 그 덕분에 민규는 장학금의 테두리에 얽매이지 않고 책을 읽을 수 있었다. 그에게 돌연 그 때의 양복희가 떠올랐다. 학교 뒷산 그 자리를 찾아낸 그녀는 거침없이 사랑한다는 말을 터뜨리며 그의 품으로 달려들고 있었다. 민규는 갑갑증을 느꼈다.

"나락은 언제부터 베나?"

"왜요?"

한참 성토 분위기에 달떠있던 구장이 민규의 돌연한 질문을 제대로 받아낼 리 없었다. 구장은 멀뚱한 눈으로 민규의 눈치를 살폈다.

"별로 사람도 없겠고만?"

"어디 한두 해 일이간디요? 모리부텀 시작허기로 혔는디, 그럭저럭 조합은 맞춰놨고만요."

"거기 나도 좀 끼면 안 되나?"

민규가 씩 웃으며 사촌을 바라보자 사촌이 어처구니없다는 듯 눈을 크게 떴다.

"안 될 거야 없죠. 근디, 성님 같은 분이 뭣허러……?"

"나도 먹고살려면 품이라도 팔아야 되지 않겠나? 나 좀 꼭 불러 주시게."

"참, 알다가도 모르겄고만요. 전 그만 가봐야 쓰겄네요. 돼지놈들이 원체……."

사촌이 나무 등걸에서 엉덩이를 떼는 순간 여자가 청년 하나를 앞세우고 산기슭에 들어왔다.

"이장님! 안녕하세요."

청년이 사촌을 향해 단정하게 허리 숙였다. 그리 크지 않고 마른 편이었지만 그의 맑은 얼굴에서는 두 눈이 초롱초롱 빛났다. 그 덕분에 그의 남루한 검정색 작업복이 이장의 눈에 남루하게만 보이질 않았다.

"누구시더라?"

이장이 청년 앞으로 자신의 마른 턱을 내밀며 일어섰다.

"저 모르시겠어요? 지난 여름 방학 때 봉사활동 건으로 찾아뵈었던 강정식이요."

"아아, 맞어요. 강 씨고만요. 지난 참은 참말로 미안혔고만요. 우리 농민을 돕겄다고 오신 분들인디 그냥 내보냈으니 원, 인사가 말이 아니었고만요. 어디 그 일이 내 맘대로 되어야죠. 대학생들 하면, 면이고 지서고 하도 신경을 곤두세워쌌으니. 그나저나 그동안 다덜 잘 지내셨소?"

이장이 너스레를 떨며 일에 찌든 두툼한 손을 내밀자 청년이 환하게 웃었다. 곧이어 청년의 부드럽고 흰 두 손이 그 두툼한 손을 쥐었다.

"저희들도 이장님 마음 잘 알고 있습니다. 그래서 이번 축제 기간을 이용해 가을일을 도울까 해서 이렇게 찾아뵈었습니다."

두 사람의 손들이 서로 제자리를 찾자 이장의 표정이 사뭇 굳어졌다.

"근디, 그것이 내 맘대로 될 일이야지."

"이번엔 이장님만 선처해주시면 별 탈 없을 겁니다. 여름방학 때완 달리 전국 규모도 아니고, 불과 일주일일 텐데요. 정부에서도 교원노조다 뭐다 노동운동탄압에 신경 쓰느라 정신없고. 뭐, 가을에 잠깐 와서 일만 하고 갈 건데 별 말 있겠어요?"

"글씨, 그것이……."

이장의 굳은 표정에 시선을 맞춘 청년의 두 눈은 총총 빛났다. 민규는 등걸 위에 앉은 채로 청년의 행색과 청년 뒤에서 꼼짝도 않고 서있던 여자를 번갈아 살피고 있었다. 여자의 시선과 민규의 시선이 맞닿았다. 민규는 웬지 쑥스러웠다. 그는 시무룩해져 있는 사촌 쪽으로 고개를 돌렸다.

"거, 잘 좀 봐주시게."

"참 성님도, 지 맘대로 되어야 봐주든가 말든가 허죠?"

총총 빛나는 청년의 눈길이 사촌의 근심어린 눈길을 따라 민규 쪽으로 쏠렸다.

"저어, 혹시?"

"왜, 날 아시오?"

민규가 가을 햇살을 끌어안는 듯 하며 다정스런 태도로 청년을 올려다보자 시종 빳빳하게 서 있던 청년이 머쓱하다는 듯 고개를 떨구었다.

"어디서 많이 뵌 분 같아서요."

"강 씨가 언제 그럴 새가 있었을라고? 뵈었으면 오늘 신문에서나 보셨겠지."

 시무룩해져 있던 이장이 청년과 민규의 상면 과정에서, 청년의 갑작스런 겸연쩍어함 속에서 활기를 되찾았다. 그는 등걸 옆 풀섶 위에서 오후 햇살에 짓눌려 있던 신문을 들어 청년에게 건넸다. 청년은 신문을 펼쳐들자마자 만면에 희색을 띠며 민규를 바라보았다.
 "김 선생님이시죠? 오늘 조간에서 뵙고 감명을 받았습니다. 그렇지 않아도 언젠가 꼭 찾아뵐 날이 있을 거라 생각했었습니다. 인사드리겠습니다. 광원대 역사교육과 사학년 재학중인 강정식입니다."
 청년은 이장에게 보여주던 자세와는 달리 당당하게 인사를 했다.
 "쫓겨난 사람이 뭐 볼 게 있다고 감명을 받소?"
 "결코 쫓겨난 게 아니죠."
 "그래요? 그런데 저 여자 분은 어떻게 대동하게 되었소?"
 민규는 청년의 당당한 자세에서 나올 다음 이야기가 뻔할 것 같아 엉뚱하게도 여자 쪽으로 화제를 돌려버렸다. 그는 그런 자신에게서 쓸쓸함을 보았다.
 "예. 이장님 댁에 들렀더니 사모님께서 선생님 댁을 가보라고 말씀하셔서, 선생님 댁이 큰댁이라 말씀 들었습니다. 이 분이 마침 댁에 계셔서 이곳까지 안내해주셨습니다. 근데……?"
 청년은 앞뒤로 고개를 돌리며 총총 빛나는 눈으로 민규와 여자를 번갈아 살폈다. 사촌이 뭔가 설명할 기세를 보이자 민규가 또 화제를 돌리고 나섰다.
 "여기 이장님께서 난감해 하시는데 어쩔 작정이요?"
 갑작스런 민규의 질문에 청년은 어리둥절해 했다.

"뭘 그리 상심하시오? 잘 한 번 사정해보시지."

민규가 웃는 낯으로 어르자 청년이 맑은 얼굴을 되찾았다.

"선생님께서 도와주시면 가능할 것 같습니다."

"뭐, 내가 이 동네 구장도 아닌데. 그리고 내가 껴들어봤자 될 일도 더 안 될 것 아니오? 지금 이장님께서는 나 하나 문제가지고도 고민이 대단하시다오."

"참 성님도 별 말씀 다 허시네요. 성님 일은 걱정도 아녀요. 성수님이…….”

민규의 표정이 갑자기 굳어졌다고 느낀 사촌이 말끝을 흐렸다. 민규가 숨을 깊게 들이쉬며 청년의 맑은 얼굴을 살폈다.

"그래, 일은 많이 해보셨소? "

"아닙니다."

"근데 어쩌실라고? 그렇게도 일이 하고 싶소?"

"일을 해보고 안 해보고가 문제가 아닐 것입니다. 선생님께서는 저희들의 투철한 사명감을 누구보다도 잘 이해해 주실 줄 믿습니다."

계속 꼿꼿한 자세로 서있는 청년의 어조가 격양되었다.

"당장 일을 눈앞에 둔 사람들이 일이 문제가 아니겠소? 농민들이 대학생들의 사명감을 어떻게 일일이 헤아리겠소?"

"그러니까 농민들이 근본 의식을 깨우쳐야 된다고 생각합니다."

"이 세상에 농사짓는 사람들만큼 순수한 의식을 가진 사람도 드물 텐데?"

"그 순수함을 짓밟는 구조적 모순을 캐내어 투쟁할 의식을 가져야 된다고 생각합니다."

"정치문제요?"

"그 문제와도 직간접으로 연관이 되어 있다고 생각합니다."

"농민들이 정치 잘못을 일일이 따져 꼭 떼 지어 싸우려 하겠소?"

"그게 문제입니다. 정면으로 나서서 싸우진 못한다 할지라도 최소한의 몫은 찾아가며 살아야 된다고 생각합니다. 올해는 추곡수매값이 얼마로 책정이 될지……. 농민들이 가만히 앉아서 당하게만 할 수 없지 않습니까?"

"투쟁 이외에 다른 방법은 없겠소? 모든 사람들이 다 똑같이 순수함을 간직하고 살아갈……."

"현재로선 다른 방법이 없다고 생각합니다. 그 책임은 돈과 권력을 쥔 사람들에게 돌아가야 하지 않을까요? 그 점은 저보다 선생님께서 더 잘 알고 계실 줄 믿습니다."

"나보고 자꾸 잘 안다 잘 안다 하지 마쇼."

민규는 청년이 자신에 대해 뭔가 터무니없이 오해하고 있다는 사실을 어떻게든 설명할 길을 찾을 수 없었다. 대학시절 끊임없이 책을 읽어야만 했던 자신을 원망해오던 그는 그런 분위기를 견뎌내기가 어려워 학교에서도 늘 토론을 피하곤 했었다. 그는 엉겁결에 말려든 청년과의 토론을 빨리 매듭짓고 싶었다.

"그건 그렇고, 그럼 여기 일하러 오신 게 아니고 농민운동 하러 오셨소? 여기 이장님 계신데 터놓고 얘기해보쇼."

"그렇습니다. 그 준비작업의 일환으로 직접 농민의 고통을 체험해보려 왔습니다."

"솔직하시군."

"선생님 앞에서 솔직하지 못할 게 뭐 있겠습니까?"

청년의 태도는 여전히 당당했다. 민규는 그 당당함에서 벗어나기라도 하려는 듯 사촌 쪽으로 고개를 돌렸다.

"그래, 이장님 생각은 어떠신가?"

"어쩌긴요? 농민운동이고 뭐고, 우리끼리라도 편허게 살게 간섭이나 허지 말었으면 쓰겄어요"

"그게 그렇게만 생각하실 일이 아니라니까요!"

"아아, 학생은 잠시 그냥 계시고."

청년의 격양된 어조를 가라앉힌 민규는 여자에게 가까이 오라는 뜻으로 손짓을 보냈다. 청년의 뒤에서 꼼짝 않고 있던 여자가 한걸음 옆으로 비켜 나와 청년 옆에서 민규를 바라보았다.

"이 문젤 어떻게 풀었으면 쓰겠소?"

"……."

민규의 돌연한 질문에 아무런 대답도 하지 않은 채 여자는 빙긋 웃을 뿐이었다. 아직도 뭔가 안타까워하고 있는 표정을 단념하지 못한 청년 쪽으로 민규의 눈이 돌아갔다.

"자, 이쯤 되면 학생도 사정을 충분히 이해해주실 줄 믿소. 헌데 정 이 동네에서 일을 하고 싶다면 한 가지 길은 있소."

"뭔데요?"

청년의 얼굴에 희색이 돌았다. 민규는 그 희색을 피해 바싹 긴장한 사촌의 얼굴을 한 번 살핀 후 다시 총총한 청년의 눈을 향했다.

"농민운동을 하든 말든 상관하진 않겠소. 하지만 이장님 계신데 분명히 말해두겠는데, 학생들이 학비가 궁해 품삯 받고 일하러 올 목적이라면, 여기 이장님한테 같이 사정해볼 용의가 있소."

"좋습니다."

청년이 선뜻 응하자, 그래도 난감하다는 듯 사촌이 민규를 보며 머리를 긁적거렸다.

"지는 모르는 일이겄고만요. 성님이 다 알아서 허실 일이지."

"고맙습니다. 이장님!"

청년은 이장을 향해 꼿꼿한 허리를 깊숙이 숙이며, 제 자그마한 두 손을 내밀어 이장의 두툼한 두 손을 빼앗다시피 모아 쥐었다.

"이제 그만 가봐야 쓰겄어요."

사촌이 청년의 희색을 외면한 채 민규에게 한 말이었다.

"그러시게. 그리고 학생도 이장님 따라가서 일 잘 상의해보쇼. 우리 좀 더 크게 생각해봅시다."

민규는 왼쪽 팔을 뻗어 청년의 어깨를 툭 쳤다.

사촌과 청년이 시야에서 사라지자 민규가 여자에게 자리를 권했다. 여자는 아무 말 없이 민규가 앉아있는 등걸 옆 풀섶에 앉았다. 오후 햇살이 빨갛게 그을린 여자의 얼굴로 쏙쏙 빨려들었다. 민규는 여자의 두 눈 속에서 수줍음을 읽었다.

"좀 더 크게 생각해 보자는 말뜻을 그 학생이 어떻게 받아들였을 것 같소?"

"……."

여자는 빙긋이 웃을 뿐이었다.

"도사는 그렇게 아무 말도 안하시나?"

"선생님이 더 잘 아실 텐데요?"

여자가 한 번 수줍게 웃고 대답했다.

"글쎄, 내가 말은 그렇게 했었지만 나 자신도 모르는 소리를 하고 만 것 같아서 그러는 게 아니오."

"잘 아시게 될 날이 올 거예요."

"진짜 도사시고만."

오전 내내 가부좌 틀고 앉아 뭔가 간절히 기도하던 여자의 모습을 떠올리게 된 민규가 한 말이었다. 그는 자신이 국선도장에 다니던 때를 생각했다. 비과학적이라는 이유를 들어 그의 아내가 극구 말렸지만 그는 굳이 건강에 좋다는 핑계까지 대며 그럭저럭 몇 달 동안 수련이라는 것을 했었다. 그가 도장을 그만두게 된 것은 사범을 비롯해서 수련하는 사람들이, 적어도 도장 안에서만은 한결같이 도사연하는 태도를 지켜보려 애쓰고 있었기 때문이었다. 그는 그때 도장 안에, 이 세상에, 가짜도사들이 들끓고 있다는 중압감에 시달렸다.

민규는 그 때의 중압감에 허덕이던 자신을 되새김질 하며 사촌에게서 들은 여자의 불행을 그려보았다. 그는 여자의 눈을 살폈다. 처음 보았을 때의 슬픔이 수줍음과 사랑 속에 고스란히 간직되어 있었다. 그는 문득 여자가 이 순간 자신을 어디론가 데려갔으면 하는 생각을 했다.

"선생님! 우리 산꼭대기에 가 봐요."

민규의 시선 속에서 여자의 두 눈이 수줍게 반짝였다. 민규에게는 자신의 마음 속 구석구석을 비춰내곤 하는 여자의 사슴눈 앞에서, 그 사슴눈을 빤한 자세로 들여다보려 했던 자신의 행색이 부끄럽게 생각되는 순간이었다. 그는 아무 말도 하지 못하고 자리에서 일어나 산말랭이 쪽으로 발걸음을 내디뎠다. 여자가 그 뒤를 따랐다. 외딴집 아래 텃논에서는 가을 햇살을 쏙쏙 빨아들이는 벼이삭들이 두 사람을 산 위로 밀어 올렸다.

4. 비둘기, 침례

　산말랭이 너머 바로 아래 평평하게 둔덕진 잡목 숲이 두 사람을 기다리고 있었다. 사방으로 흐드러지게 피어 있는 흰색 자주색 구절초 꽃이 간간 불어 닥치는 산바람을 맞아 진저리쳤다. 민규가 어렸을 때부터 마음 펴고 사방을 내려다보곤 했던 자리였다.

　그는 숨을 가다듬으며 풀섶 위에 네 다리를 쭉 뻗고 누웠다. 어제 저녁 해를 넘기던 서쪽 산마루 아래로 꽉 들어찬 저수지의 윤곽이 그의 눈에 뚜렷이 들어왔다. 저수지 한가운데에서 직각으로 솟아오른 해는 텅 빈 가을 하늘에 흰 물비늘을 떠올렸다. 그는 단전 깊숙이 숨을 들이마셨다 내쉰 후 여자를 향하여 앉으라는 눈짓을 보냈다. 여자는 그의 머리맡에 엉덩이를 맡기고 저수지 쪽으로 다리를 뻗었다. 여자의 길지 않은 다리를 감싼 청바지와 자그마한 발을 끼운 운동화가 낡아, 말랭이 쪽으로 비켜 쏟아지는 햇살 아래에서 그대로 빛바랜 풀숲을 이루었다. 그건 민규의 야윈 몸을 감싼 옷도 마찬가지였다. 빨갛게 그을린 여자의 얼굴과 손, 그리고 민규의 흰 얼굴과 손만이 주변에 흐드러지게 피어있는 구절초 꽃과 더불어 그 곳에서 제 모습을 드러내고 있었다.

　"실성했다는 게 사실이오?"

　민규가 빨갛게 그을린 여자의 얼굴을 누운 채로 빤히 바라보았다. 여자는 대답 대신 빙긋 웃었다.

"이곳에 와보니 당신이 실성했다는 말이 도저히 믿어지지 않아서 그랬소. 허기야 누구나 다들 실성해서 사는 세상이니까. 오히려 그런 소리 듣는 사람이 정상 아니오?"

여자는 이렇다 저렇다 말 대신 빙긋 웃으며 두 팔을 뻗어 올렸다. 그리곤 휘파람을 불었다. 휘파람소리가 산바람을 타고 산중턱 쪽으로 퍼져 나갔다. 휘파람소리를 따라 산짐승들이 모여들었다. 꿩, 비둘기, 메추라기, 때까치들이 무리지어 날아든 후 토끼, 다람쥐들이 떼 지어 오자 그 뒤를 이어 구렁이와 독사들이 어슬렁어슬렁 기어들었다. 민규는 몸을 일으키고 눈을 휘둥그렇게 떴다. 여자는 그런 민규를 보곤 빙긋 웃었다.

"놀라지 마세요. 모두 제 친구들이에요."

여자가 두 팔을 내려 민규의 어깨를 짚었다. 그와 동시에 여자의 팔을 움켜쥔 민규의 손이 가늘게 떨렸다.

"이건 너무하지 않소? 아무리 내가 실례의 말을 했기로서니."

"선생님도 마음 가라앉히고 저들과 벗해보세요."

"당신, 귀신이요?"

여자는 빙긋 웃으며 고개를 가로저었다.

"저들도 우리 인간과 똑같은 생명체예요. 우리처럼 실성하지 않고도 잘 살아간다는 게 우리와는 다른 점이에요."

여자의 눈에 슬픔이 고였다. 민규는 여자의 그런 눈을 보며 마음을 가다듬었다. 여자가 짐승들을 향해 손짓을 보냈다. 비둘기 한 마리가 날아와 여자의 어깨 위에 앉았다. 비둘기는 자그마한 두 눈을 부지런히 굴리며 민규를 살폈다. 민규가 어렵게나마 웃음을 지어보이자 비둘기는 마치 그에게 인사라도 하려는 듯 연신 구룩 소리를 냈다. 그러자 산짐승들이 두 사람 가까이로 모여들었다.

"이젠 됐어요. 모두 선생님과 벗이 되겠다는 뜻이에요."

산들바람이 민규의 콧등을 스쳤다. 그는 여자와, 비둘기와, 저수지를 번갈아 바라보며 책속에서 보았던 수많은 인물들과 짐승들을 떠올렸다. 콩쥐, 두꺼비, 이반 왕자, 회색 늑대, 불새, 흥부, 제비, 오데트 공주, 백조, 하백의 딸, 알, 주몽, 어떤 프랑스 농부, 여우, 사냥꾼, 뱀, 까치 등이 그의 눈앞에서 어른거리자, 그는 고개를 저었다.

"티베트 승려요?"

여자는 고개를 끄덕였다.

"인도 출신이요?"

여자는 고개를 끄덕였다.

"신라 출신이요?"

여자는 고개를 끄덕였다.

"고구려 출신이요?"

여자는 고개를 끄덕였다.

"고향 아닌 곳이 어디요?"

"선생님이나 저나 다 고향에 있게 될 거예요."

여자는 민규의 얼굴을 바로 보며 빙긋 웃었다.

"마술사도 아니고, 고대인도 아니고, 귀신도 아니고, 왜 이런 일을 해요? 모를 소리만 하고."

여자가 또 빙긋 웃자 민규는 그런 질문을 하는 자신이 좀 객쩍다는 생각을 했다. 그의 마음이 편안해지고 있었기 때문이었다. 그는 아침에 사촌이 한 말을 새기며, 여자의 일생을 상상해보았다. 그림이 잘 떠오르지 않자,

그는 여자를 또렷이 바라보았다. 낯이 선 사람 같지는 않다는 생각을 했고, 그러면서 그는 아버지가 놀빛 아래로 죽은 누이의 주검을 살피던 모습을 떠올렸고, 그리곤 고개를 가로저었다.

"난 비약을 좋아하지 않아요. 이름이라도 대보시오."

"강숙애요."

"친한 사이도 아닌데 그렇게 덥석 이름을 알려주면 어떻게 해요?"

"비둘기가 어린양 잘한다고 좋아하겠네요. 김숙애가 아니라 실망하셨겠네요."

"겨우 이름 석 자 대주고 그렇게 내 마음을 훔쳐내도 되는 거요?"

"전 남편한테 죄를 많이 지었어요."

"남편이 못됐다면서요."

"사람들이 모다 그렇게 알고 있어요."

여자는 비둘기만 남겨 놓고, 뱀들을 돌려보내고, 꿩, 메추라기, 때까치, 다람쥐들을 차례로 돌려보냈다. 민규는 자신의 몸이 허공에 떠올라 그들을 따라 어디론가 날아간다는 상상에 사로잡혔다. 산 아래 저수지 위로 날아오른 그의 몸은 산들바람을 따라 물 위에서 너울거렸다.

"사랑하는 사람하고 헤어져야 했고, 뱃속에 든 아이는 보살필 겨를도 없었고, 강제로 결혼을 해야 했고, 남편을 속여야 했고, 아이는 유산되었고, 그렇게 뼈아픈 죄를 지은 거죠. 아무 죄 없는 남편한테까지 더 이상 죄를 짓기 싫어 어떻게든 잘 하고, 마음 붙이고 살려고 했지만, 상처가 아물지 않았어요. 기도를 하고 또 했지만, 남편을 더 힘들게 한 격이었어요. 그렇게 삼 년을 끌다가 결국 저 아래 저수지로 왔지요. 물에 들어갔고, 몸이 반쯤 잠길 때, 강한 빛을 보았어요. 하늘에서 빛줄기가 내려와 저수지 한 가운데에 꽂히는 거예요. 그 순간 제 몸이 산산조각 나는 것 같았어요. 그런데 아프진 않았어요. 저수지 둑 위로 밀려난 제 몸을 본 건 한참 후의 일이었어요. 그 때부터 저는 제가 태어나기 전부터의 일을 알게 되었어요. 물론 제 원래 이름도요. 어렴풋이나마 앞일도 짐작하게 되었고요."

민규는 '점쟁이시고만' 이라는 말을 뱉으려 했던 자신을 하찮게 느꼈다. 그런 농을 걸기엔 그녀의 낯빛이 너무 환했고, 그의 몸이 연신 물 위를 떠다녔기 때문이었다.

"그래서 죄다짐 하려고, 그렇게 문상을 다니는 거요?"

"단순한 죄다짐이 아니예요. 많은 영혼들이 구천을 헤매고 있어요. 그들의 한을 씻어주지 않는다면 이 세상을 더 이상 장담할 수 없어요."

"왜 그렇게 엄청난 비밀을 나한테 이야기하는 거요?"

여자는 그런 질문을 하는 민규를 보며 빙긋이 웃었다.

"그렇게 웃기만 하면 다요?"

여자는 연신 빙긋이 웃었다. 잠시 제자리를 찾았던 민규의 몸은 갑자기 말을 타고 달려 나갔다. 그가 한 번도 가보지 않았던 들판이었다. 눈보라 치는 겨울이고, 들판 한가운데에 서있는 검은 고목나무에서 파란 싹이 돋아나고 있었다. 그는 그 고목나무 주위를 돌고 또 돌다가 말을 달려 어느 바닷가로 갔다. 해일이 일어났고, 물기둥은 말과 함께 그를 공중으로 솟구쳐 올렸다. 말의 비명소리를 들은 그는 정신을 가다듬고 여자를 바라보았다. 여자는 여전히 미소를 지었다. 그 미소에는 서기가 어려 있었다.

민규는 더 이상 여자의 사연을, 고아원 원장이 주었을 이름 이전의, 원래의 이름도 묻고 싶지 않았다. 그 순간, 지갑 하나를 빼앗기기 위해, 술취한 게 무슨 죄라고, 그렇게 혹독하게 두들겨 맞고 결국 불구의 몸으로 학교를 떠나야 했던 동료 선생 하나를 떠올린 그는 몸서리를 쳤다. '엄청난 비밀'이 이 여자만의 몫인가, 그런 질문을 던진 그는 세상이 두렵다는 생각을 했다. 사랑하고 사는 사람들은 왜 그렇게 고통스러워해야 하는가, 사랑하지도 않는 사람은 왜 그렇게 큰 소리 치고 살아야 하는가, 그는 그런 질문을 던지면서, 자신이 세상에 너무 많은 짜증을 부리며 살았다는 생각을 했고, 그런 세상이 두렵다는 생각을 또 한 번 했다. 그는 여자의 미소에 서린 서기를 정신없이 바라보았다. 그의 그런 눈에서도 한참동안 빛이 날 정도였다.

"절 그렇게 쳐다보지 마시고, 선생님 자신을 들여다보세요."
"그것이 그것 아니요?"

민규가 퉁명스럽게 말하자, 여자는 또 빙긋 웃었다. 민규는 어린 시절 이곳에서 메추리 가족들을 만났던 일을 떠올렸다. 알에서 나온 지 얼마 되지 않은, 털보숭이 새끼들이 걱정되었던지 어미는 사람을 보고도 주변을 분주하게 맴돌 뿐 감히 달아나지를 못했었다. 아이가 다가가 어미를 덥석 쥐었고, 어미의 가슴은 급하게 뛰었다. 민규는 그 때 메추리의 몸에서 새어나오는 열기와 가쁜 숨결을 뚜렷하게 기억해냈다. 그는 여자의 어깨에 앉아 있는 비둘기에게 눈길을 돌렸고, 손을 내밀자 비둘기가 날개를 푸득거려 그 손바닥 위에 올라와 앉았다. 그 모습을 보던 여자가 또 빙긋 웃었고, 민규 또한 힘없이, 그렇게 웃었다. 비둘기는 잠시 후, 한 번 더 푸드득거리며, 여자의 어깨 위로 돌아갔다. 그리고 여자가 손짓을 하자, 공중으로 날아올라, 두 사람의 머리 위를 빙 돌다가 저 갈 곳으로 날아갔다.

민규는 여자가 어느 먼 곳에서 온 사람일 거라는 생각을 하다가, 자신이 바로 먼 곳에서 어느 일정한 곳으로 돌아온 사람이고 여자는 항상 일정한 그 곳에 있는 사람이라는 생각을 해보았다. 그건 여자가 짐승을 부리고 안 부리고 하는 문제는 아닐 거라는 생각이었다. 이 우주에는 절대 창조주가 있고, 그 창조주가 있게 하는 곳에 모든 것이 있고, 끊임없이 움직인다는 생각이 그것이었다. 그는 학창 시절 물리학 책을 읽으며 상상했던 여러 문제들을 떠올렸다. 빛의 속도, 운동성, 열과 힘, 삼각형, 원 등, 여러 기호 속을 헤매던 그는 문득 어린 시절 교회에 갔던 일을 떠올렸다. 그림에서 보았던 예수님의 모습을 상상하는 순간 여자가 저수지에서 보았다는, 여자를 산산조각내 저수지 위로 밀어 올렸던 빛줄기를 떠올렸고 아침에 여자의 얼굴에 테두리를 치던 빛줄기를 겹쳐 떠올렸다. 그리고 그는 고개를 저었다. 성탄절 과자 봉지를 얻기 위해 갔을 뿐인데, 어린 마음이었지만 그런 자신이 좀 창피하다는 생각이 들기도 했었는데, 예수님은 엄청난 스승이고 사랑스러운 분이라 그런 아이들이라도 놓치지 않으셨단 말인가, 그는 자신의 그러한 상상을 어떻게 설명할 길이 없었고, 그렇게 뭔가를 증명하려 하는 자신의 태도가 하찮다는 생각이 들어서였다. 그는 방금 전 생각대로 창조주의 절대 테두리 안에, 그 원심력과 구심력 안에 자신을 맡겨야 할 것 같다는 생각을 했고, 그러자 여자가 갑자기 자신에게 뭔가를 깨우쳐 주어야 할 스승으로 보였고, 아까 산 아래에서 자신이 청년한테 했던 크게 생각하자는 말이 자신을 당혹스럽게 했고, 그런 자신이 겁이 났다. 선생, 교원노조, 농민 운동, 행복, 고향, 스승, 우주, 창조주, 그는 이런 기호들을 되새기며, 그런 말들을 모조리 여자의 미소에 묻어버리고 싶었고, 그건 마치 특별시의 삶이 싫어 고향으로 오고 싶은 열망과 같은 줄기의 것이라는 생각을 해보았다.

그러자 그는 어제 여자를 처음 보았을 때와, 그에 이은 자신의 태도를 되새겨보았다. 꽤 놀랄 일인데도 아무렇지도 않은 듯 했던, 그리고 그녀의 행동들에 대해 장난스러운 자세이긴 했지만 권위적인 몸짓을 보여주었던 자신이 우스꽝스럽게 여겨지기도 했다. 평소 아내를 대하는 태도와 동료 선생들을 대하는 태도를 이곳까지, 그렇게 그리워했던 고향땅까지 고스란히 담아온 자신이라는 생각에 이르자 그는 허탈해졌고, 온몸에 가려움증을 느꼈다. 그는 몸 여기저기를 긁었고 그러면 그럴수록 긁는 부위가 늘어났고 빠르기가 더해졌다. '당신을 이루고 있는 미립자의 의미가 어떻고, 실성했다는 게 어떻고……,' 그는 방금 전 비둘기가 날아간 공중을 보며 허탈한 웃음소리를 내었고, 몸을 긁었고, 그 몸을 털고 일어섰다. 그는 여자를 한 번 더 쳐다보고 산 밑으로, 저수지 쪽으로 내려갔다. 잡목 숲을 벗어나 소나무 사이를 지날 때도 그의 손가락들은 계속 그의 몸을 긁고 있었다.

저수지 둑에 이른 그는 물 한가운데에서 직선을 그어 하늘을 올려다보았다. 여자가 얘기했던 빛기둥은 없었다. 그렇지만 햇살이, 선량한 가을 햇살이 그의 눈을 부시게 했다. 햇살 덕분에 잠시 가려움증을 잊고 있던 그는 차근차근 일옷을, 속옷을 벗었다. 햇살이 그의 마른 몸을, 여기저기 긁힌 붉은 자국들을 선명하게 드러냈다. 가을바람이 아직 열기가 남아있는 그의 그런 몸을 한 차례 남김없이 스쳐갔다. 그는 빛줄기를 따라 저수지로 뛰어들었다. 개헤엄으로 첨벙거리며 한가운데로 들어선 그는 그 자리에서 몇 번 원을 그렸다. 그는 그러는 동안 숨을 허덕이며 지금까지 자신이 겪었던 일들을, 사람들을 생각해냈다. 모두가 있지도 않은 자신의 권위를 지켜내려는 하찮은 몸짓들에 관한 것이었다. 세상이 다 틀리고, 그래서 나만 옳고, 정의롭고, 그래서 외롭고 등, 이쪽이든 저쪽이든 외로운 건 마찬가지라는 생각이 들자, 그는 차라리 아내가 더 솔직한 사람일 거라는 생각을 해

보았다. 그와 동시에 지금 저 산말랭이에서 자신의 이런 모습을 지켜보고 있을 여자는 자신의 그러한 마음을 읽어내고, 달래주는 데 귀재라는 생각을 했다. 그리고 그녀가 세상일을 달통한 도사이든 뭐든, 사촌이 어제 말한 대로 교회에 드나든다니 예수님의 심부름꾼인 지도 모르지만, 그러한 직함들이 그에게 별로 중요하지 않고, 그 자신을 어디론가 외롭지 않은 곳으로 인도할 따뜻한 안내자라는 생각을 해보았다. 그는 며칠 전 학교 교정에서 행복에 대해 중얼거리던 일을 떠올렸다. 누군가를 의지한다는 건 행복한 일이라는, 스스로 외롭다는 자신은 애써 외면하려 했지만, 그것이야말로 인간의 삶에서 모두에게 해당하는 불변의 관습일 거라는 점을 그가 다시 한 번 확인하는 순간이었다. 여자의 모습과 행동들이 낯설면서도 왜 그렇게 낯설지 않았던지, 하필 그 속에서 부모와 누이의 삶들이 겹쳐 떠오르는지, 그는 그런 생각을 하며 저수지 한가운데를 몇 번 더 돌았다. 그 동안 자신의 하찮은 몸짓들이, 세상 탓하는 일과는 상관없이 순전히 자신의 문제였다는 점을 그렇게 짚어낸 그는 몸을 뒤집어 물위에 반듯하게 누워 숨을 가다듬었다. 물위로 내려 꽂히는 가을햇살을, 그의 몸이 남김없이 받아들였다. 그는 누운 채로 발바닥으로 조금씩 물을 헤어갔다.

그렇게 둑으로 올라온 그는 오싹 추위를 느꼈고, 차근차근 옷을 입고 산말랭이로, 여자가 그대로 앉아 있는 곳으로 다시 올라갔다.

"감기 걸리게 뭐 하러 물속에 들어가셨어요?"

여자가 민규를 보며 빙긋 웃자, '그럴 줄 뻔히 알면서······' 라는 말을 하려던 민규도 그냥 따라 웃었다. 사실 그의 몸은 산을 오르는 동안 정상 체온을 찾은 상태였다.

"그리고 초상집 다닐 정도면, 아픈 사람 낫게 하는 재주야 기본이겠소?

내가 감기라도 한 번 걸려볼 걸 잘못했소. 딱 좋은 기회였는데."

앉으려다 만 민규는 엉거주춤하게 선 채로 여자에게 장난기 어린 말투를 던졌다.

"그만 내려가시죠."

여자는 빙긋 웃으며 자리에서 일어섰다. 두 사람은 산을 내려갔고, 집으로 오는 동안 민규의 발걸음은 한결 가벼웠다. 그러면서, 가끔씩 무겁기도 했다. 그의 마음은 여자가 보여준 세계를 향하여 뻥 뚫려있었다. 그는 간간 자기가 제 정신이 아닐 거라는 생각을 하며 씩 웃기도 했다. 비둘기와 함께 보았던 환상들이 그의 뻥한 마음을 끊임없이 채웠다.

5. 가을걷이, 사랑하는 눈빛

　벼 베기 조합원들은 일찌감치 아침을 먹고 기동 씨네 열 마지기 논배미로 모여들었다. 간신히 열다섯 명으로 채워진 조합원들은 남자나 여자나 민규 또래 몇 사람을 빼놓곤 모두 오륙십대 동네사람들이었다. 일에 부대낀 그들의 살갗은 검게 굳어 깔깔한 나락잎들에 마음껏 쓸렸다.
　아직 이슬이 마르지 않은 나락잎들은 민규의 두 팔을 벌겋게 부어오르게 했다. 그는 사촌한테 얻어 신은 긴 고무장화를 힘겹게 끌며 낫질을 했다. 몇 발자국 나아가지 못해 숨을 허덕였지만, 그는 입안으로 단내를 삼키며 스스로의 포만감에 젖어들었다.
　"어이 민규 시방 나락을 비는 것여, 나락허고 씨름허는 것여?"
　민규의 동갑내기 상렬이가 누런 이를 실컷 드러내며 웃었다. 그가 잠시 허리를 펴고 있는 동안 민규의 일솜씨가 들통 난 것이었다. 그 바람에 다른 사람들이 모두 허리를 펴고 일어나 민규에게 눈을 돌렸다. 반백이 된 남자들은 시큼하게 웃었고, 여자들은 절구통 같은 몸을 이리저리 꿈지럭거리며 조심스럽게 서로의 눈치를 살폈다.
　"아따 시방들 뭣 헌다? 넘이사 나락을 비든 씨름을 허든, 뭔 상관들이랴. 맘먹고 일 허는 사람 공연히 속 죽이지 말어. 일 터져!"
　"맞는 말씀이시구먼. 어서들 일들 헙시다."
　논 임자가 성화를 부리자 이장이 맞장구쳤다. 논 임자 기동 씨는 일 줄일

욕심으로 성화를 놓았고, 이장은 사촌형의 위신을 지켜주기 위해 거든 것이었다.

"그려, 맞는 말여. 저 좋아서 일 헌다는디 상관할 거 없어. 어서들 일이나 굻리잔께."

일찌감치 홀아비 신세가 된 만호 아버지의 넋두리였다. 사람들은 그 말이 맞다는 투로 고개를 끄덕이곤 꾸역꾸역 허리를 굽혀 낫질을 했다. 만호 아버지는 작년에 환갑을 넘겼는데도 아들 며느리가 마땅치 않아 이 촌구석에 박혀 품팔이 생활을 고집하고 있었다.

민규의 온 몸에서는 비 오듯 땀이 흘러내렸다. 그는 땀 냄새와 풋풋한 나락잎 냄새와 질퍽한 논흙 냄새를 상대로 흥겹게 씨름했다. 써걱써걱 벼 밑동 자르는 소리가 가을하늘을 한층 청명하게 했다.

민규는 난생 처음 저도 모를 행복감에 젖어들었다. 그는 지금 분명 아무런 생각도 하지 않고 있었다.

벼는 어느새 절반이나 논바닥 위에 누워 있었다. 민규의 자리가 지게 하나 뉘어놓은 만큼 뒤로 물러섰을 뿐이었다. 해는 그 한가운데 위에 올라 있었다. 기동 씨 처가 머리에 대광주리를 이고 논두렁에 나타나자 사람들이 허리를 펴며 제각기 한 소리씩 했다.

"꼭 때맞춰 왔구먼. 하여간 기동이는 마누라 복은 터진 놈이란께."

"아이고 성님 자꼬 기동이 기동이 하지 마쇼. 나도 니알 모리면 환갑인디. 마누라 앞이서……."

만호 아버지가 쩍 입맛을 다시며 신소리를 하자 기동 씨가 마땅치 않다는 듯 툴툴거렸다.

"이 사람아 니알 모리가 아니라 아직도 이번 말고 두 번이나 나락을 더

벼야 되는 디, 벌써부텀 늙은이 행세를 하면 어쩌자는 건가? 마누라 없는 홀애비 늙은이라고 그러콤 구박허긴가."

"누가 구박헌다요? 성님 말솜씨가 그렇지 않은개비요……."

"아따 그려. 그건 자네 말이 맞네. 그나저나 마누라는 그렇다 치고 저그 자식들 한질라 오는디 내가 참음세."

"어쩐지 조용허다 혔드만!"

상렬이가 누런 이를 드러내며 중간에 끼어들자 사람들은 키득대고 웃었다. 그 사이에 점심광주리가 기동 씨 처 머리 위에서 논두렁으로 내려왔다. 그리고 그와 동시에 사람들의 시선이 일제히 한 곳으로 쏠렸다. 술 주전자와 국 주전자를 들고 뒤뚱뒤뚱 그들 쪽으로 다가오는 기동 씨 아들딸을 향한 것이었다.

"하여간 기동이는 자식들 한 번 싸가지 있게 두었당게."

만호 아버지의 진심에 찬 탄성이었다. 기동 씨 아들은 솜리 전문학교 농과에 다니고 있었고, 딸은 면내 종합고등학교에 다니고 있었다. 농사일을 돕기 위해 학교까지 빠진 자식들을 기동 씨 자신도 내심 흐뭇하게 여기는지라, 지금 솜리에서 구멍가게를 내어 한참 장사 재미 붙들고 있다는 아들 며느리를 마다한 만호 아버지가 기동 씨의 그런 복을 부러워할 만도 했다.

"자꼬 기동이 기동이 할끼요?"

"객쩍은 소리 그만들 허시고 어서 밥이나 들어요. 밥 놔두고 복 달어나게……, 고개 빠져 죽겄고만."

"그려 맞는 말여. 그저 먹는 게 최고여. 먹고살라고 시방 이렇게 심들게 일 허는고만."

사람들은 기동 씨 처의 앙칼진 항변과 이장의 너스레에 공연히 고개를 끄덕이며 점심광주리 주위로 몰려들었다.

"어라 저건 또 뭐여? 날구지 헐랑가. 비 오면 오늘 일 터지는디? 요새 민규네 집에서 식모산다드만."

"상렬이가 눈을 가로 뜨며 민규와 동네 쪽을 번갈아 바라보자 사람들이 모두 동네 쪽으로 고개를 돌렸다."

"꽁지여다 젊은 사람들까정 달고 오네."

기동 씨 부인의 눈이 동그레졌다. 민규는 턱에 두 손을 괴고 논바닥에 쪼그려 앉은 채 이쪽으로 다가오는 여자를 살폈다. 뒤에 따른 젊은 사람들이란 건 대학생들이었다. 여자 바로 뒤 회색 작업복 차림의 청년은 엊그제 민규가 만난 강정식이었다. 뒤따르는 두 사람에 비해 훨씬 씩씩하게 내디디는 그의 발걸음을 보며 민규는 빙긋이 웃었다. 그는 조합원들을 향하여 벌써부터 손을 내젓고 있었다.

"저 사람 고집 한 번 볼만하고먼."

이장이 사람들 눈치를 번갈아 살피며 볼멘소리를 냈다.

"아는 사람인가?"

만호 아버지가 이장 쪽으로 턱을 내밀었다.

"알기는요? 거시기 지난 여름 농활인가 뭐신가 상의허러 왔다가 그냥 물러간 대학생 아닌개비요?"

이장은 퉁명스럽게 대꾸를 하며 민규 쪽을 살폈다.

"근디 왜 또 온다던가? 농활은 지서여서도 싫어허는 일 아닌감?"

사뭇 이장의 심사를 헤아린다는 듯한 만호 아버지의 말투였다.

"글씨 몰라요. 이번인 농활이 아니고, 거시기 아르바이톤가 뭔가 학비 조달 목적으로 품 팔러 온다드면……, 그것도 마다 혔는디 기여 저러는 만요."

 이장이 바른 손을 올려 머리를 긁적거리며 민규 쪽을 보았으나, 민규는 먼 산 쳐다보는 시늉을 냈다. 그러는 사이에 술 주전자와 국 주전자가 도착했다. 아까부터 좌우 눈치를 살피던 기동 씨가 자식들을 놓고 공연히 심통을 부렸다.

 "싸개들 좀 오지 그랬냐?"

 "싸게 왔고만 그러네요. 느닷없이 왜 애들 트집이래요?"

 기동 씨 처가 거의 반사적으로 자식들 역성을 들었다. 남매는 주전자를 놓으며 영문을 모르겠다는 표정을 지으며 몇 발자국 뒤로 물러섰다.

 "자아, 막걸리로 목이나 축이고 봅시다. 아따 선상님도 기신디 별일 있을라구우? 품 팔러 왔으면 품이나 팔리고 돌려보내면 되었지 뭣이 걱정이댜? 일꾼 귀헌디 하나라도 보태면 일 굷고 좋지 않은감."

 기동 씨는 사람들 앞에 술잔을 돌려놓으며 너스레를 떨었다. 그러면서 그는 좌중의 눈치를 재게 살핀 후 민규 쪽을 보며 뭔가 동의를 얻어낼 구실을 찾고 있었다. 민규가 아무 대꾸도 하지 않고 빙긋이 웃기만 하자, 그는 상기된 얼굴을 만호 아버지 쪽으로 돌렸다.

 "성님, 내 말이 틀렸는감요?"

 "이 사람, 틀리고 말고가 문젠감? 일이 그렇게 간단하지 않은 거 뻔허게 알 사람이 그러는가? 구장 입장도 생각혀줘야지 않은감?"

 "아따 구장 입장은 그렇다 치고라도, 지서놈들 면서기놈들이 팔뚝 걷어붙이고 나락이라도 벼준답디까? 맨날 헐 일 없이 밥만 쥑이면서 좀 아쉽다 허는 볼 일 있어 가면 바쁜치는 독판 다 허고……."

 "안녕들 하세요!"

기동 씨의 씩씩대는 말꼬리가 끊어지기도 전에 강정식 일행이 조합원들 앞에 나타났다. 강정식이 앞뒤 살필 필요도 없다는 투로 밥 광주리 주변에 끼어들자 나머지 두 사람도 따라 앉았다. 하나는 강정식에 비해 좀 둔해 보이는 듯한 남학생이었고, 다른 하나는 푸른 색 작업복 차림이었고 겉보기에 발랄해보였지만, 어딘가 깊은 곳에 정숙함을 감추고 있는 듯한 여학생이었다.

"우르르 패거리로 몰려오면 이장님이 불편하실 것 같아 이렇게 뜻 맞는 세 사람만 왔어요. 조용히 일만 하다 갈 테니까 그냥 덮어주세요. 이쪽은 박봉수라고 같은 과 친구고, 저쪽은 한정님이라고 일반사회교육학과에 다니는 후배예요."

강정식의 빠른 인사말과 소개가 끝나자 나머지 두 사람이 일어나 고개 숙여 인사의 표시를 했다. 남학생은 무표정하게 고개만 숙였지만 여학생은 생긋 웃는 것을 빼놓지 않았다. 일이 그 쯤 진행되자 사람들의 관심은 대학생들보다는 아직 민규 뒷전에 서 있는 여자 쪽으로 쏠리게 되었다.

"민규 시방 뭣혀? 싸게 앉으라고 허지. 덕분에 밥 먹는 것이나 한 번 귀경허게."

"신소리 그만혀! 밥 먹는 것이 무슨 귀경나셨댜? 그나저나 샥시도 좀 앉지 그려. 시장헐 튼디."

여전히 누런 이를 내놓고 베시시 웃는 상렬에게 기동 씨 처가 퉁사니를 하곤 여자에게 자리를 권했다. 여자는 다소곳이 민규 옆에 앉았다. 몇몇 여자들이 서로를 두리번거리며 눈을 깜작였을 뿐 사람들은 모두 여자에게 측은한 눈초리를 보냈다. 민규는 여자를 아랑곳 하지 않고, 상렬의 희멀건 얼굴과 누런 이를 살피면서 쓸쓸한 표정을 감추지 못했다.

그들은 오늘 아침 논둑에서 거의 이십년 만에 만났다. 상렬은 민규를 보는 순간 반갑게 두 손을 내밀었지만, 민규는 흡족하게 맞장구를 치지 못했다. 그는 늘 상렬에 대한 무거운 짐을 느꼈기 때문이었다. 물론 그 짐은 민규 스스로가 지게 된 것이었다. 그렇다고 두 사람이 각별하게 친한 사이도 아니었다. 한 동네에서 나고 자랐지만, 두 사람이 친해질 기회가 난 것도 아니었다.

상렬은 중학교 삼학년 졸업을 얼마 남겨놓지 않은 채 학교를 그만두었다. 그의 아버지가 가슴 병을 앓자 돈을 벌어보자는 뜻에서였다. 그는 면내 극장에 취직을 했다. 표 파는 일이었다. 그러다가 그의 타고난 그림 솜씨 덕분에 영화 간판을 그리게 되었다. 마을로 들어오는 고개 아래에서 지금 거의 허물어져가고 있는 집 마당이 바로 그의 작업장이었다. 군복을 입은 신성일의, 어줍지 않게 당당한 모습과 그 옆에서 우산을 들고 눈물 흘리고 있는 엄앵란의 모습을 더욱 가련하게 그려내려 애쓰고 있던 그의 태도는 지금도 민규의 가슴에 쓸쓸함 그대로 남아 있었다. 학교가 일찍 파한 그날 고등학교 이학년생 김민규는 소나무 뒤에 숨어 그 모습을 넋 놓고 바라보고 있었다. 그의 작업복 군데군데에는 물감이 달라붙어 있었다. 아직 차가움이 가시지 않은 이른 봄기운을 이겨내지 못한 채 기침을 토하며 마당으로 내려와 변소 쪽으로 터덜터덜 발걸음을 옮기던 그의 아버지와, 고개에 나뭇단을 이고 산모퉁이를 돌아들어오는 그의 어머니의 주름진 모습을 발견하고 나서야 김민규는 동네로 달려내려 왔었다.

민규는 몇 해 전 성묘 차 내려왔을 때 사촌에게서 그가 다시 그곳에서 혼자 살고 있다는 소식을 들었다. 달려가 만나고도 싶었지만, 자신의 발걸음이 그것을 허락하지 않았다. 상렬은 아버지 어머니가 한 해 걸러 저세상 사람이 되자 하사관으로 자원입대 했고, 적응하지 못해 제대했고, 군에서 딴 운전면허로 솜리에서 택시를 몰다가 장가들어 아들 하나 낳고 살만해지니까 사고를 내, 면허 취소되어 유리 공장에 다니다가 야간작업 나간 사이에 단칸 전셋방에 남겨둔 처자식이 연탄가스로 죽었고, 폐까지 망가져 고향에 돌아와 날품팔이 농사꾼이 되었다. 그 때 민규는 아내 양복희의 눈치를 살피다가 떨어지지 않는 발걸음을 억지로 돌려 특별시로 향했었다.

"자넨 어렸을 때부터 그림 그리기를 좋아했지 않나. 뚝딱거려 뭐든 만들어내는 솜씨도 좋았고."

민규가 무심코 던진 말이었다. 상렬의 누런 이가 닫히고 희멀건 얼굴에 해쓱한 기운이 번져갔다. 그러자 일과 병과 햇빛에 시달려온 그의 얼굴은 희멀겋다기보다는 차라리 잿빛으로 보였다.

"이 사람 새똥빠지게 옛날 얘기는?"

"그랬나? 느닷없이 옛 일이 생각나서."

민규가 좀 멋쩍다는 듯 고개를 떨구었다.

"이잉, 맞어. 그 때 민규는 공부를 잘 혔고, 상렬이는 그림을 잘 그렸지. 상도 나수 탔지. 대소쿠리 엮는 솜씨도 일품이었고. 근디 그 놈의 극장 간판이 밥을 멕여주어야지."

"넘 속상헌 소리 왜 자꼬 혔쌌는다요?"

만호 아버지가 손등으로 입술에 묻은 막걸리를 훔쳐내며 말참견을 계속할 눈치를 보이자 기동 씨 처가 성화를 부렸다.

"아따 민규가 말헐 적인 가만 있다가 나만 잡고 그런댜? 선상님만 사람이고 늙은 홀압신 사람도 아닌감?"

"상렬이도 뭐 그짓 허고 싶어서 그렸나? 다 돈 없어서 그랬지. 그려도 상렬이 저 사람이 효자는 효자였응게."

"당신은 또 뭣땀시 나선다요?"

"시끄러! 싸게 밥이나 푸지 않고. 오나가나 성화여."

남편이 두 눈을 치켜뜨자 기동 씨 처는 한풀 꺾인 기세로 좌중에 밥을 퍼 돌렸다. 민규는 효자란 말이 튀어나오자 벌써 맥이 풀려 있었다. 그는 내심 이 자리에서나마 주위 사람들이 자신의 사표사건에 대한 말을 꺼내지 않기를 바라고 있었다. 아침에 낫을 챙겨 들고 당당하게 이 자리에 나타나던 자신을 생각하며, 그는 방금 전 상렬의 잿빛 얼굴과 누런 이를 바라볼 때 느꼈던 쓸쓸함을 또 느꼈다.

"고만들 허시고 진지나들 드쇼. 학생들도 일 헐라믄 많이들 먹어야 쓰겄네."

"고맙습니다. 승낙해 주셔서."

이장이 좌중의 분위기를 가라앉히자 강정식은 재빠르게 다짐을 걸고 넘어갔다.

"나도 모르겠네. 이게 뭔 일인지. 좌우지간 왔으니 조용히 일이나들 허다 가시게."

"암 그려야지. 대학생들이라고 맨날 시끄러서야 쓰겄남?"

논 임자 기동 씨가 아직 밥을 목으로 넘기지도 않은 채 양 볼을 어물거렸다. 그 모습을 지켜보던 여학생이 재미있다는 듯 한 번 생긋 웃었다. 그걸 눈치 챈 기동 씨는 부끄럽다는 낯빛을 감추지 못하며 목구멍 안으로 꾸역꾸역 밥을 삼켰다. 그리곤 더 이상의 무렴을 피해보겠다는 투로 민규에게 시선을 돌렸다.

"근디 민규는 말여 어쩌다 그 좋은 직장을 내놓았다? 엊그저끄 신문을 봤지만서두 우리 같은 사람은 통 속을 모르겄드만."

막 수저를 들던 민규가 시무룩하게 고개를 숙였다.

"아따 그건 알아서 뭣혀? 홀애비 사정은 홀애비가 되어봐야 아는 볍여."

"참말로 성님은 말끗마다 호랍시 타령여. 뭐 홀애비가 벼슬이나 된다요?"

두 사람의 심통어린 표정을 놓치지 않고 따라 다니던 여학생이 생긋 웃었다. 그러자 부지런하게 눈빛을 내던지던 강정식이 절도 있게 수저를 놓으며 입을 열었다.

"김 선생님은 좋은 일을 하시다 그만 둔 겁니다."

좌중에 푸른 하늘과 가을 햇살이 한꺼번에 내려 앉기나 한 듯 주위는 조용해졌다. 갑자기 낯선 어조가 튀어나와서였다. 민규는 고개를 떨구고 있을 뿐이었고, 여자 조합원들은 절구통 같은 몸매를 꿈적거리며 부지런히 좌우의 눈치를 살폈다. 대학생들은 그럴 땐 꼭 그렇게 해야만 된다는 식의 사뭇 진지한 자세를 지키고 있었다.

"잘은 모르지만 자들도 핵교 보내봐서 나도 알 건 좀 아는디, 선상님들이 가르치는 것이 질 좋은 일이지, 뭐 좋은 일이 또 있다요?"

침묵을 견뎌내지 못한 기동 씨가 애꿎게 자신의 자식들 쪽으로 가슴을 들이밀며 씩씩거렸다. 강정식의 눈은 이제 초롱초롱 빛나기까지 했다.

"맞는 말씀이죠. 하지만 올바르게 가르치는 선생님들을 도와주지 못할망정 그냥이나 놔둬야죠?"

"그만 두게. 자네는 약속대로 조용히 일이나 하게."

민규가 강정식에게 고개를 쳐들며 힘주어 말했다. 주위에는 다시 한 번 푸른 하늘과 가을 햇살이 내려앉았다. 민규를 대하는 강정식의 눈이 초롱

81

초롱 빛났다.

"선생님까지 그렇게 말씀하시면 저희들은 어떻게 합니까?"

"죄송해요."

여학생이 강정식의 팔을 다급하게 낚아채며 좌중에 던진 말이었다.

"왜 그러콤 시끄럽나? 좋은 일덜 많이 허고 사시는 가보구만. 어서들 밥이나 마저 들게. 기동이 처 말마따나 밥 앞에서 복 달어나게시리."

"거 자꼬 기동이 기동이 헐끼요?"

만호 아버지의 비아냥거림과 기동 씨의 툴툴거림이 거의 동시에 터져 나오자 주위 사람들은 이 때다싶어 서로를 보며 키득댔다. 기동 씨가 잠시 주위의 눈치를 살피다가 시큰둥하게 수저를 들자 주위사람들은 아무 일도 없었다는 듯 막걸리를 마시고 밥을 먹었다.

민규는 밥숟가락을 들며 옆자리에 있는 여자를 돌아보았다. 그는 여자가 밥을 먹으면서도 연신 상렬이를 살피고 있음을 눈치 챘다. 상렬이도 그것을 알아챈 듯 힐끗힐끗 여자를 훔쳐보고 있었다. 두 사람의 시선이 마주칠 때마다 상렬이는 눈초리를 민규에게 돌리는 시늉을 했지만 여자는 구태여 피하려 들지 않았다. 민규는 상렬의 잿빛 얼굴을 똑바로 바라보았다. 그는 여자가 그 희멀건 잿빛 얼굴에 무엇인가를, 어떤 생명과 같은 기운을 들여보내고 있다는 느낌을 받았다. 그는 상렬의 가슴앓이가 낫기를 간절하게 바랐다.

상렬이 여자를 바라보는 눈빛은 마을 사람과는 완연히 다른 것이었다. 마을 사람들은 여자를 그저 측은한 눈빛으로 바라보았지만, 상렬은 여자에게서 뭔가 원초적인, 어떤 행복을 바라고 있었다. 사랑, 민규는 그런 단어를 떠올려보았다. 사랑은 그를 더 힘들게 할 텐데, 라는 생각을 힘께 떠올린 민규는 상렬의 희멀건 얼굴에 홍조가 깃들기를 고대했다.

　마을사람들은 점심을 먹고 나서 각자 적당한 자리를 찾아 네 다리를 뻗고 누웠다. 가을 햇살이 그들의 검은 얼굴들을 다 드러내고 있었다. 대학생들은 밥 먹던 자리에 그대로 앉아 교원노조에 대한 토론을 벌이고 있었고, 그들로부터 조금 거리를 두고 앉아 있는 여자는 그들의 토론에 귀 기울이고 있었다. 민규와 상렬은 똘 둑 위에 마주앉아 있었다.

　민규가 담배를 빼어 물다가 상렬에게 권하자 상렬은 손을 내저으며 사양했다.

　"아참, 가슴을 다쳤다는 소리는 들었네만……."

　"뭐, 그렇지. 그냥 죽지 못해 사는 신세 아닌감."

　상렬은 잿빛 얼굴을 허공으로 쳐들었다. 담배 연기를 품어내는 민규가 병자보다도 더 참담한 표정을 지었다. 그러자 허공에 떠있던 상렬의 눈에서 하늘빛이 푸르게 감돌았다. 그는 민규를 정면으로 바라보았다. 민규에게 뭔가를 말하려다 만 그는 잠시 머뭇거렸다.

　"왜 그러나 내 꼴이 안돼 보이나?"

　민규가 상렬에게 턱을 내밀며 의아한 표정을 지었다.

　"뭐, 그건 아니고, 자네야 팔자 늘어진 사람 아녀? 자네 사춘한티 대강 얘기는 들었네만."

　민규는 고개를 숙였다. 누렇게 고개 숙인 벼이삭 위로 담배 연기를 길게 내뿜었다.

　"자네 앞에서야 내가 할 말이 있겠는가? 자넨 어렸을 적부터 여러 모로 마음씀씀이가 나보다 낫았지 않았나? 우리가 가깝게 지낼 기회는 없었지만, 자네를 대할 때마다……. 자넨 정말 효자 소리를 들을 만 했지."

"뭐, 그것도 아니고. 거시기…….."

상렬은 말끝을 맺지 못하고 고개를 떨구었다.

"낯모르는 여자가 우리 집에 머무는 일이 걱정되나?"

민규가 턱을 내밀며 씩 웃자 상렬이 돌연 고개를 들며 누런 이를 드러내고 웃었다.

"그런다기보담……, 아까 밥 먹으면서 보니깨 그 샥시 정신이 확 간 것만 같지가 아녀서."

"자네도 그렇게 봤나? 뭐 그냥 불쌍한 여자라더만."

민규는 여자에 대해서 그저 모른 체 했다.

"근디 말여, 고렇게 불쌍허게도 뵈지 않드란 말여?"

상렬의 입은 사뭇 진지하게 다물어져 있었다.

"그런가? 아무튼 얌전하기도 하드만."

"그런 것이 아니고 말여? 뭔가 있는 것 같드만……."

"왜? 솜리서 살 때 뭔 얘기 들었나?"

"차암……! 자네허곤 얘기가 좀 통헐 줄 알았는디. 그거야 그 서방놈이 나쁜 놈이지 별 일 있겄어?"

점점 진지한 자세가 되어가는 상렬에게 싱긋거리며 허튼 소리로 말대꾸하던 민규는 방금 전 점심 자리에서 상렬을 향하던 여자의 시선과 그것을 피하며 슬슬 여자를 훔쳐보던 상렬의 눈초리를 떠올렸다. 그는 상렬에게 여자에 대한 일을 더 이상 모른 체 하는 일이 죄스럽기도 했다.

"아무튼 난 잘 모르겠네. 두고 보면 뭔가 알게 될지도 모르지."

"차암……."

상렬의 희멀건하기만 하던 잿빛 얼굴이 조금씩 상기되어 갔다. 그는 뭔가 몹시 안타깝다는 듯 핏빛 감돈 얼굴을 들어 푸른 하늘을 떠받쳤다. 민규는 그런 상렬의 얼굴과, 볏단 옆에 앉아 상렬에게 말로 설명할 수 없는 어떤 눈빛을 보내는 여자를 번갈아 바라보았다. 그는 느닷없이 상렬이가 병이 낫기보다는 행복해지기를 바라며 씩 웃었다. 그리고 그동안 어떠한 여자도 사랑해보지 못한 자신을 생각하며 또 한 번 씩 웃었다. 그는 어떤 여인을, 누군가를 사랑하기보다는, 사랑에 관한 수많은 시들을 읽고 중얼거리고만 있었던 자신을 그렇게 들여다보았다.

다시 일이 시작되었다. 오후의 햇살은 일꾼들의 검게 굳은 살갗을 더욱 깊게 파고들었다. 나락밑동 잘리는 소리가 그 햇살 속에서 숨을 죽였다. 문득문득 불어오는 들바람이 만호 아버지의 노랫가락을 흐드러지게 흩날려 땀으로 뒤범벅 된 민규의 몸을 적셨다. 뒤에 처져 볏단을 묶던 여자와 대학생들은 그 가락을 들으며 서로를 둘러보곤 가끔씩 깔깔대기도 했다.

6. 지루한, 참으로 지루한 시대

　사람들이 일을 끝내고 기동 씨네 집에 모여 저녁을 먹은 후 흩어졌을 때는 벌써 초승달이 서산으로 넘어갔고, 하늘에 별들만 총총 박혀 있었다.
　민규가 집안으로 들어오자 대학생들이 따라 들어왔고, 그 뒤로 상렬이가 들어왔다. 마을회관을 고집하는 대학생들을 민규가 집으로 끌고 온 것은 사촌의 입장을 생각해서였다. 저녁밥을 먹는 둥 마는 둥 하고 서둘러 집에 돌아와 부엌에서 장작을 지피고 있던 여자가 마당에 나와 단정한 태도로 일행을 맞았다.
　"자네도 오늘밤은 그냥 여기서 쉬게. 자리는 좁지만 그럭저럭 어떻게 되겠지. 뭐 혼자 가서 궁상떨 거 있나."
　민규가 마루에 풀썩 걸터앉으며 여자의 그런 행색에 넋을 빼앗기다시피 한 상렬에게 앉으라는 손짓을 보냈다. 그는 기동 씨네 집 대문 앞에서 제 집 쪽으로 돌아서다 말고 서성대던 상렬의 방금전 모습을 되새겨 보았다. 민규는 별빛 아래에서 푸르스름하게 얼룩져 보이는 그의 모습을 놓치지 않았다.
　"그렇게라도 혀보지 뭐."
　상렬이 시무룩한 어조로 사양의 말을 감추었지만 민규는 그의 얼굴에 조금이나마 희색이 감도는 순간을 놓치지 않았다. 상렬이 마루턱에 걸터앉자, 대학생들과 여자가 캄캄한 마루에 한꺼번에 따라 앉았다.

"이 집은 전기도 안 들어오나 봐요?"

뚱뚱한 대학생이 툴툴거리듯 말했고, 민규는 무심코 튀어나왔을 그 전기라는 소리에 가슴이 탁 막혔다. 그런 순간을 그냥 지나치게 해 준 것은 여학생이었다.

"공기가 참 맑네요. 별도 밝고요. 정말 분위기 있다아! 여기가 바로 선생님 생가예요?"

여학생은 생긋거리며 민규 쪽으로 고개를 돌렸다. 그녀의 얼굴이 별빛에 환하게 빛났다. 고운 선으로 꽉 메운 양 볼에는 생긋거릴 때마다 보조개가 드러나 보였다. 양 보조개 쪽으로 초승달 선을 그어 올라간 그녀의 입술에서는 영민함이 활짝 피어났다.

"생가는, 내가 무슨……. 배운 사람이라고 생가타령 하는 거요?"

민규가 지친 몸을 가누듯 피식 웃으며 대꾸를 해주자 여학생은 또 한 번 생긋 웃었다.

"제가 물 끼얹어 드릴 테니 등목하세요."

"여름도 아닌데 무슨 등목을."

"쟤는 여수 떠는 데 뭐 있어."

좀 뚱뚱해 보이는 남학생이 민규에 대한 여학생의 제의를 무심코 걸어 넘기자 강정식이 여학생을 향하여 나무라는 어조를 보냈다.

"아니요. 등목이 아니라 아예 목욕을 해야겠소. 자, 학생들도 따라 나서요. 여학생이야 곤란하겠지만. 자네도 대충 물 좀 끼얹지."

민규는 학생들과 상렬이를 향해 번갈아 눈을 돌렸다. 그의 눈빛에는 갑자기 생기가 돌았다.

"그러지 뭐."

상렬이가 민규를 따라 선뜻 우물 쪽으로 나서자 좌우 눈치를 살피던 강정식이 재빨리 따라나섰다. 나머지 남학생 하나는 엉덩이를 몇 번 들썩거렸을 뿐 제자리에 눌러앉았다.

"형은 한심해. 그러니까 비곗살이지."

"넘이사, 비곗 살이든 말든……."

그 모습을 새침하게 흘겨보고 있던 여학생이 핀잔을 주었지만 남학생은 무뚝뚝한 어조로 흘려 넘겼다. 그 사이에 여자는 부엌으로 달려가 가마솥에서 끓는 물을 퍼 날라 우물에 있는 커다란 옹기 널벅지에 부었다. 양동이에 있는 물이 널벅지로 쏟아져 내리는 동안 물줄기에서 솟아오르는 수증기가 어둠을 풍성하게 감싸 도는 듯 하다간 다시 어둠 속으로 자취를 감췄다. 뒤늦게 그 모습을 본 여학생은 옆에 앉아 있는 남학생과의 농지거리를 제쳐두고 여자에게 시선을 돌렸다. 별빛을 탄 여학생의 눈초리는 한동안 또렷하게 여자의 그런 모습에 박혀 있었다.

우물로 가 옷을 벗어던진 세 사람은 서로 돌아가며 부지런히 두레박질을 하여 널벅지 물에 찬물을 섞은 다음, 각자의 몸에 물을 끼얹었다. 그들의 몸에서 힘겹게 빠져 나왔을 체온은 김이 되어 우물 주위에 뿌옇게 번져갔다. 민규와 상렬이가 강정식에 비해 좀 키가 컸을 뿐 세 사람은 다 같이 갈빗대가 툭 튀어나올 정도로 말라 있었다. 여학생은 어둠과 별빛과 뿌연 김 속에서도 세 사람의 그 앙상한 공통점을 훔쳐보곤 부엌에 양동이를 갖다놓고 돌아오는 여자를 향하여 연신 키득댔다. 여자는 인사조로 설핏 맞장구를 치다말고 방안으로 들어가 수건 다섯 장을 들고 나왔다. 수건들은 하나같이 다 낡아 있었다.

"저분들 씻고 나면 두 분 세수라도 하세요."

여자는 여학생에게 올이 풀린 수건 두 장을 건네주었다.

"고맙습니다. 아주머니도 씻으셔야죠?"

여학생은 미안스럽다는 기색을 내보이며 여자와 수건을 번갈아 살폈다.

"전 씻지 않아도 돼요."

"……."

여자의 어조가 사뭇 진지하게 흘러나왔기 때문에 여학생은 여자가 널벅지에 끓는 물 붓는 모습을 보며 준비해두었던 '아주머니는 참 좋은 사람 같아요, 선생님과는 어떤 사이예요, 사모님은 아닌 것 같고, 남매 같기도 하고'라는 대사를 읊어내지 못했다. 의아해진 여학생의 눈빛을 간파한 여자는 그 눈빛을 향해 설핏 웃음을 던지곤 나머지 수건 세 장을 뚱뚱한 남학생에게 건네주었다. 무심코 그것을 받아든 남학생이 머뭇거릴 기색을 보이자 여학생이 다물었던 입을 터트렸다.

"아이고 형도 띨하긴. 뭣해? 어서 그 수건 갖다 주지 않고."

"알았어!"

남학생이 퉁명스럽게 소리를 지르곤 우물로 가자 여학생은 돌연 생긋 웃으며 여자를 바라보았다. 마룻장에 앉아 있던 여자는 별 반응을 보여주지 않았다. 여자는 자리에서 선뜻 일어나 방안으로 들어가 촛불을 밝혔다. 여학생은 창호지문에 점점 선명하게 번지는 여자의 그림자를 한동안 넋 놓고 바라보았다.

여섯 사람이 촛불 주위에 둘러앉자, 방안은 훨씬 좁아보였다. 민규는 촛불 빛이 짙붉게 스며든 여자의 얼굴을 바라보았다.

"이 방으로 모여 불편하겠소. 저 방은 좀 좁아서. 남자들은 조금 있다 물러갈 테니까 이해하시오."

"선생님 댁인걸요."
여자는 표정하나 흐트러뜨리지 않고 입만 달싹거렸다.
"어메, 이 집사람들은 예절솜씨도 밝으시고만."
여자 쪽을 힐끗힐끗 살피던 상렬이가 너스레를 떨곤 혼자 멋쩍게 웃었다.
"선생님! 농민들에게 저희들 이야기가 먹혀들어가질 않을 것 같으니, 어떻게 해야 되겠습니까?"
민규를 향한 강정식의 눈이 촛불 빛을 일직선으로 반사시켰다. 민규는 좀처럼 대답하려 하지 않은 채 고개만 떨구었다. 갑갑증을 참지 못한 상렬이가 대신 입을 열었다.
"그거야 뭐, 농민들이 멕혀들고 말고 헐 거 있나? 뭘 알아야 면장질이라도 허지 않겠소?"
"무조건 모른다 모른다 하니까 늘 당하기만 하죠. 좀 알기부터 해보기라도 해야죠."
"아 그거사 다 배우고 가진 놈덜이 도적질허는 시상이 되었는디 우리가 그걸 무신 수로 막는댜?"
"그러니까 깨우치고 싸워야죠. 참 답답들 하십니다."
"답답허다니? 뭐 우린 그런 거 몰라서 가만히 일만 허고 있는 줄 아나?"
퉁명스럽게 입만 빼물던 상렬의 어투가 반말투로 변했다. 그는 강정식 쪽을 향하여 어깨를 바싹 들이밀었다. 그러나 꿈적도 하지 않은 강정식의 눈은 반짝이기만 했다.
"용기를 가져야죠."
"그거사 자네 같은 젊은 대학생들이 가지면 되지 않나?"
상렬의 말에 약간 비아냥거리는 투가 섞여들었다.

"저희들 힘만으로 되나요? 모든 노동자 농민이 힘을 합쳐야죠."

"노동자 농민 타령허기 전에 대학생들부텀 그 의식환가 뭔가 좀 바로 시켜야 되겄드만. 내 뭐 자네들 같은 사람헌티는 헐말 없지만, 대학생들이라구 원 다덜 씰개 도둑맞었더고만? 운동권이나, 먹고대학생권이나 공부잽이권이나 다 마찬가지더고만. 핵교다닐적 투사랍시고 시끄럽게 허던 사람들이 감옥 한 번 댕겨와선 바른 정치헙네 하고 허는 짓들이 다 그전이 허던 놈들 뽄새 그대로고, 공부만 한다 허던 놈들 그 밑이 들어가서 굽신굽신 심바람 허느라 정신없고, 먹고잽이 놈들 땅장사 혀서 번 돈으로 기껏 여관이나 술집 같은 거나 챙기고, 뭐 자네들 말대로 다 기회주의자들이더고만?"

"다 그런 건 아니잖습니까? 아직도 순수한 사람들이 곳곳에서 고통 받고 있는 게 더 중요한 문제죠. 한 사람이라도 더 그 사람들의 힘이 되어야 합니다."

"그 사람들을 그냥 나뒀으면 허네."

"그냥 놔두다뇨? 어떻게 그냥 놔둔단 말씀입니까?"

상렬이 마른 침을 삼키며 피로한 기색을 내보이자 강정식은 눈을 치켜뜨며 오른 팔을 자신의 어깨 위로 들어올렸다. 방안엔 긴장감이 돌았다. 상렬은 손등을 들어 이마에 맺힌 땀을 씻어내며 입을 열었다.

"내 극장 표팔이부텀 시작혀서 택시운전수 유리공 뭐 고생은 대충 혀본 사람이네. 노동조합 활동도 불나게 혀본 사람이구. 다 헛거더고만. 간부들이 기회주의자라서만도 아니고, 우리가 용기와 요량이 부족해서만도 아니고, 배우고 가진 사람들이 교활해서만도 아니고, 시상판이 다 그렇더고만. 우리 같은 놈들 몸에 병만 남는 거나, 그 놈덜 맴 썩는 거나 다 마찬가지 아니겄어? 그리고 시상이 어디 온전허겄는감? 다 그냥 병자지."

"그러니까 한 사람이라도 더 불씨가 되어야 하는 거 아닙니까?"

"그려서 자네 식대로 농민들 붙들고 이러쿵저러쿵 혀서 그 부싯돌 일이 될 것 같은감? 어림없는 일 같네. 자네 순수헌 맘은 인정허겄지만, 하여간 자넨 젊어서 좋겄고만."

"그건 회의주의자들이 하는 말입니다. 동학농민 운동은 말할 것도 없고, 일제 시대 때도 농민운동이 얼마나 큰 역할을 했다고요?"

"난 핵교가 짧어서 잘은 모르겄네만 우리 같은 사람덜 한티는 왜놈들이나 뭐나 다 똑 같은 놈들이더고만······. 하여간 기여 그 주읜가 뭔가 어려운 말 나오는만."

"그렇다면 아저씬······."

"정식이 형! 이제 그만 좀 해둬. 아저씨 말씀 틀린 것 하나도 없어."

상렬이 손등을 들어 막 이마에 땀을 닦으려 하는 순간, 그리고 그에 이어 강정식이 오른 팔을 자신의 어깨 위로 들어 올리며 입을 여는 순간, 여학생이 발끈 소리를 지르고 나섰다.

"넌, 왜 또 가만있다가 중간에 나서 말을 끊어? 학교에서 토론 할 때도 꼭 그래."

"난 이러려고 이곳에 오지 않았어. 마을 사람들과 인간적으로 친해보려고 왔어. 추곡수매 건이고 뭐고 형이나 알아서 다 해."

"추곡수매 건은 왜 벌써 꺼내? 약속했잖아 입 다물고 있기로."

"형도 약속이 다르잖아? 이렇게까지 서둘 필요가 뭐 있어. 세상이 하루 아침에 형 마음대로 변할 것 같아? 무슨 일이든 밀고만 나가면 최고인줄 알아."

여학생의 쌍까풀진 두 눈이 치켜 들렸다. 그 두 눈은 촛불 빛을 슬기롭게 받아들였고, 그 슬기로움은 돌연 그녀의 고운 입술을 양 보조개로 생긋 감아올렸다.

"막무가내로 밀고 나가는 것이 아니라 과학적 논리대로 실천하는 거야."

"형은 논리의 노예 같아."

"노예와 실천을 합리적으로 구분해줬으면 좋겠어."

"그게 문제야. 형이 말하기 좋아하는 과학적 합리적 논리라는 것이 인간의 삶을 뒤틀리게 하는 데 어떻게 악용되어 왔는가를 잘 생각해보란 말이야. 형이 합리적 구분이라 말하는데, 그 논리대로라면 예수나 석가 같은 분은 다 역설가일 뿐이야. 형이 그 분들을 논리적으로 분석해서 형 논리대로 나쁘다고 말할 수 있어? 못하지? 형은 그래서 논리의 노예라는 거야."

"그 분들은 나쁘고 좋고를 떠나서 진정한 인간 혁명가들이야."

"누가 그렇지 않대? 형 논리대로라면 그분들의 인간 혁명을 편협하게 받아들일 수밖에 없다는 게 문제지. 인간 혁명이 노동자 농민 선동 교화시키는 수단에 머물 수만은 없잖아?"

"그건 당면 현실을 몰라서 하는 소리야. 이상론일 뿐이야."

"나도 현실을 형만큼은 알아. 현실이 이상을 무시하는 파괴 수단으로 이해되어서는 안 된다는 얘기지. 그렇게 해서 어떻게 모든 인간의 삶이 서로 사랑하는 삶으로 완성되겠어?"

"결과보다 과정이 중요한 것을 잊어선 안 돼."

"인간 삶 자체 과정이 소중하니까 그렇다는 말이야. 과정이 뭐 그냥 지나가는 길목과 같은 것인 줄 알아? 형이 말하는 과정론은 순환론에 빠져든 것일 뿐이야. 그건 인간 삶 자체 과정에 대한 사랑도 인내도 너그러움도 아무 것도 아니야. 형은 지금 말하는 데에서도 단순한 논리의 노예라는 사실을 스스로 인정하고 있단 말이야. 형은 내가 말하는 부분에 대해서 도대체 조금이라도 이해해 보려는 아량조차도 보여주지 않고 있단 말이야. 그러고 어떻게 인간 혁명을 논할 수 있어?"

"그렇다면 뭐 하러 이곳에 왔어? 구태여 나를 따라······."

"누가 따라 왔대? 함께 왔지. 그래도 형만큼 순수한 운동가, 이상주의자도 드문 세상이거든. 어쩌면 따라 왔는지도 몰라?"

여학생은 생긋 웃었다. 계속 진지한 표정을 고집하는 강정식 앞에서 여학생은 보조개 쪽으로 곱게 감아 오르는 입술의 웃음을 잃지 않았다.

"쟤는 사회학도가 아니라 철학도, 인간도야."

두 사람의 이야기를 듣는 둥 마는 둥 하는 것 같던 뚱뚱한 대학생이 돌연 배시시 웃으며 너스레를 떨기까지 하자 방안 분위기는 한결 부드러워졌다.

"봉수 형도 제발 그런 식으로만 말하지 마. 사회학도나 철학도나 인간도나 뭐가 달라? 독재가 이 세상을 다 나눠놨다는 형의 그 지론은 어디 갔어?"

뚱뚱한 대학생은 그 말을 아랑곳 하지 않고 장난스러운 표정을 지으며, 아직도 고개를 숙이고 있는 민규를 바라보았다.

"선생님! 정님이 쟤는 실은 선생님을 뵙고 싶어서 왔대요."

"뭐야?"

배시시 웃는 봉수를 쏘아보던 여학생의 두 눈에는 수줍은 기운이 감돌았다. 그 모습을 지켜보던 강정식이 봉수에게 눈을 한 번 흘겼다.

"봉수 넌 얘기할 때 농담 좀 하지마."

"농담은······ 무슨? 내가 보고 싶어 왔다니 좋기만 하고만 그러시우?"

계속 고개를 숙이고 있던 민규가 턱을 쳐들며 피식 웃자 방안 사람들의 얼굴은 모두 활짝 펴졌다.

"그려 맞는 말여. 오늘은 그만들 허고 가서 방독이나 지세. 니알 또 일 헐라면 힘들 틴디."

상렬이가 방바닥에 손을 짚어 힘겹게 일어서자 민규와 두 남학생이 따라 일어섰다. 강정식은 민규와 상렬과 정님을 흘겨보며 아직 아쉬움이 통째로 남아 있다는 표정을 거두지 못했다. 그러나 정작 아쉬운 건 상렬이였다. 그는 방바닥에 손을 짚으며 여자를 살피고 있었다. 그는 촛불 때문에 자신이 여자를 훔쳐보고 있다는 사실을 여자가 모를 거라고 생각하고 있었다. 방에 들어온 후 단 한 번도 자세를 흩트리지 않았던 여자를 훔쳐보는 상렬의 마음은 미동하고 있었다.

남자들 넷은 민규의 머릿방으로 들어왔다. 방안은 캄캄한 어둠을 부둥켜 앉고 있었다. 곧 어둠에 익숙해진 네 사람은 방바닥에 이부자리가 깔려 있는 것을 보았다. 네 사람은 민규의 낡은 책상 위에 옷을 벗어놓고, 나란히 놓여있는 네 개의 낡은 베개 밑을 차례로 찾아들었다. 맨 아랫목에는 상렬이가 누웠고, 그 옆에 민규, 강정식, 뚱뚱한 대학생의 순서로 누웠다.

"선생님네는 늘 이렇게 컴컴하게 사시나요? 방바닥은 따끈따끈해서 좋은데."

"그렇소만, 왜, 갑갑해서 그러오?"

뚱뚱한 대학생이 주인에게 이 집 소감을 풀어놓자 주인은 천연덕스럽게 되물었다. 그러면서도, 그는 특별시의 밤거리들을 몰아치고 있는 형형색색 불빛들을 떠올리며 자기도 모르게 눈을 찡그렸다.

"갑갑하기도 하지만 좀 이상한 기분이 들어요. 꼭 무슨 원시인들이 사는 집 같아요."

"별 소리 다한다. 쓸데없이 불은 왜 켜냐. 잠자는데."

강정식이 늘 하던 버릇대로 핀잔을 주었다.

"그게 아니고, 그냥 그런 것 같아서."

"뭐가 그리 애매해? 선생님, 쟤는 원래 저런 애예요."

"선생님, 그 여자 분은 누구시대요?"

뚱뚱한 대학생이 강정식의 핀잔엔 아랑곳하지 않고 또 민규에게 궁금증을 털어놓았다.

"나도 잘 모르는 사람이오. 불쌍한 사람이라고들 합디다."

민규는 여자에 대해서 이런 식으로 대답할 수밖에 없는 자신이 하찮다는 생각이 들었다.

"선생님은 자선 운동가 기질도 대단하신 모양이네요."

뚱뚱한 대학생이 입을 열기도 전에 강정식이 재빨리 끼어들었다. 민규가 아무런 대꾸를 하지 않자 잠시 침묵이 흘렀다.

"민규. 안 자나?"

이번엔 상렬이가 낮은 음성으로 민규를 불렀다.

"말해보게."

"나 이제 병이 좀 나슬 것 같다는 기분이 들어서."

조심스럽게 떨려 나온 상렬의 음성이었다. 그런 만큼 그의 숨결도 불규칙하게 새어나왔다. 민규는 그 숨결 속에서, 아까 일터에서 상렬을 향하던 여자의 눈빛을 떠올렸다.

"나아야지."

더 이상의 말을 하지 않은 민규는 눈을 감았다. 그는 상렬이가 숨소리의 여운을 남긴 채 눈꺼풀을 닫는 소리를 들었다. 대학생들은 벌써 잠들어 있었다.

　민규는 외롭다는 생각이 들었다. 부모와 아내와 자식들과 교실에서 짓궂게 장난치던 아이들과 여자의 모습을 번갈아 떠올렸다. 그는 문득 자신의 고향집 생활이 앞으로 편안하지만은 않을 것 같다는 생각을 해보았다. 그는 아내가 성스럽다는 생각을 억지로, 참으로 억지로 해보았다. 그러면서 그는 피식 웃었고, 행복은 멀고, 가깝고, 마음속에 있고 라는, 책에서 본 많은 문구들을 떠올렸다. 상렬, 여자, 나, 그는 어두운 천장에 그런 글자들을 찍어보았다. 그 순간 여자가 곧 어디론가 가버릴 것 같다는 생각이 들었고, 자신의 몸이 허탈하게 천정으로 떠오르는 것을 느낀 그였다. 그 때 뒤란 엉떡에서 귀뚜라미 우는 소리가 방안으로 들어왔다. 뚱뚱한 대학생이 가끔씩 코를 골아 그 소리를 어둠 속에 묻어버리곤 했다.

　여자에 대한 관심은 안방에서도 마찬가지였다. 여학생은 여자에 대해 뭔가를 끊임없이 묻고 있었다. 그러나 기실 여학생은 한 번도 그 고운 입술을 열지 않은 채 잠자리에서 뒤척였다. 여자는 그런 여학생을 가끔씩 바라보며 미소만 지었다.

7. 가을비, 사랑하는 사람들

 점심때부터 간간 내리던 가을비가 제법 성화를 부리더니 성구 씨네 논바닥과 벼이삭들을 추적추적 적셨다. 사람들은 서둘러 새참을 먹고 일어났고, 몇몇 술 좋아하는 남자 조합원들이 갈매댁네 점방에 모여앉아 오늘 일 다 끝내지 못한 아쉬움을 막걸리로 털어내고 있었다. 여자를 빼놓곤 민규 일행도 그 자리에 있었다.
 "가실비라고 참 지랄 맞게도 오는구먼! 꼭 우리 집 일헐 참으 그런당께? 작년이도 그러드만. 비니루 푸대라도 뒤집어쓰고 다 끝내버렸어야 되는디."
 성구 씨가 군데군데 지푸라기자락이 달라붙어있는 손등을 들어 입술에 묻은 막걸리 자국을 훔쳐내며 한숨지었다. 그 바람에 그의 흰 턱수염에 지푸라기자락이 엉겨 붙었다. 그 모습을 본 여학생이 눈웃음을 참느라 민규의 팔에 얼굴을 묻었다.
 "썩을 놈, 테가리에다 무신 꽁지를 매달었냐. 하늘이 허는 일을 니가 으뚷게 막을래? 이 빗속의 일혔다간 비닐포대 아니라 그 핼애빌 덮어써도 감기 귀신되겄다."
 맞은편에 앉아있던 만호 아버지가 오른팔을 뻗어 그의 턱에 붙은 지푸라기자락을 떼어주며 핀잔을 던지자 사람들이 서로를 보며 한바탕 웃었다.
 "썩을 놈, 속 편헌 소리 허고 자빠졌네. 넘 속 뒤집어지는 줄도 모르고.

지 놈은 그려도 자식 속이라도 안 끓이고 살지. 복에 게워서, 늙어 갖고, 메누리가 끓여주는 밥 감지덕지 얻어먹고 살 일이지, 뭣헌다고 촌구석에 기어들어와 그 궁상여?"

"썩을 놈아. 넘 속 모르는 소리 허덜 말어! 속 뒤집어진다고 날이 개기라도 헌다냐? 니알은 날 아니냐, 모리는 날 아니더냐. 이롷게 비까지 오는디 둘러앉아 술도 먹고, 좋기만 허고만. 자아, 성화 그만 부리고 술이나 마시랑께. 자식농사고 베농사고 니 맘대로 되는 줄 아냐? 늙어갔고 철 족개 들어라."

만호 아버지가 노래 가락 조로 위로의 말을 뽑아내며 성구 씨의 빈 사발에 막걸리를 부었다. 성구 씨가 술 사발을 들어 입에 대다 말고 만호 아버지를 흘겨보았다. 그가 만호 아버지에게 어떤 적대감을 가지고 흘겨본 건 아니었다. 그는 그 순간 자식생각을 했었다. 그는 아들 둘과 그 밑으로 딸 하나를 두었는데, 둘째 아들은 군대 가서 죽었고, 첫째는 집 나간 지 십여 년이 넘도록 소식이 끊어졌고, 과년한 딸은 반반한 얼굴 값 하다가 사내 사기를 당해 팔자 꼬여, 대처 어딘가에서 술집 신세를 지게 되었다. 끓는 속을 가누지 못한 그의 아내는 벌써 몇 해 전부터 몸 져 누워있는 형편이었다.

"썩을 놈, 소리 속은 늙어서도 엔간하고만. 좋기도 허겄다. 니놈은 내가 죽어도 흥타령부텀 헐 놈여."

"흥타령 좋지. 괴로운 이 시상 하루라도 빨리 떠야 경사지. 근디, 이 썩을 놈아! 내가 너보다 성인디 으찌 니가 나보담 먼저 죽을 생각을 허냐. 그러믄 못 쓴다. 죄로 간다."

"썩을 놈 또 지가 성이랴. 내가 성이지 으째 니가 성이냐?"

"아 술 쏟겄어요. 어서 잔이나 죽 비우시고 성쌈 허셔도 되겄고만."

"으잉? 그거 맞는 말 같구만. 쬐깨 기다려. 내 이 잔 비우고 저 늙은이 공박 좀 더 허야 쓰겄어."

기동 씨가 술 재촉하고 나서자 성구 씨가 벌컥벌컥 뱃속으로 막걸리를 부어넣었다. 좌중사람들이 그 모습을 보며 또 한 번 웃었다. 이번에는 민규의 왼팔에 얼굴을 묻던 여학생이 급기야 참던 웃음을 터뜨렸다.

"야, 작것아. 염라대왕 말고 너 잡어갈 사람 없응게 츤츤히 부서라. 저러다가 저 것이 여그 즈 성보담 먼저 가면 으쩔라고 저런디야?"

"알었다. 이 썩을 놈아. 니가 성혀라. 죽긴 내가 먼저 헐 티니께. 어서 흥타령이나 한 곡조 뽑아라."

"박수!"

아직도 민규의 왼팔에 매달려 눈웃음치고 있던 여학생이 돌연 함성을 지르며 손뼉을 치고 나섰다. 술판에는 잠시 주룩주룩 가을비 떨어지는 소리만 맴돌았다. 사람들의 시선이 온통 여학생을 향하고 있어서였다. 여학생은 자신도 모르는 사이에 저지른 자신의 행동을 부끄럽게 생각하는 듯 민규의 팔에 푹 얼굴을 파묻었다.

"어라? 날 궂은 게 번개도 치네에. 처자가 박수쳤응게 한 곡조 뽑아도 봐야겄는디."

"박수우!"

"만호 아버지가 재담을 엮어내자 여학생에게 쏠렸던 눈길들이 일시에 박수 소리로 모아졌다."

"썩을 놈, 처자 타령은 시방도 여전허구만. 대학상도 몰라봐?"

"썩을 놈, 한 가락 뽑으려고 허는디, 초 치고 자빠졌네. 아, 대학상은 츠자 아닌개벼?"

"아따, 맞는 말씀요. 말시비 그만들 두시고 어서 한 곡조 뽑기나 혀요."

성질 급한 기동 씨가 나서서 창을 부추겼다.

"가만있게 이 사람아. 술부텀 한 잔 허고 뽑아야 쓰겄네."

"아따, 비싸기도 허다요. 자, 찰찰 넘치게 한 잔 혀요."

기동 씨가 만호 아버지의 사발에 막걸리를 가득 부었다. 술판의 시선은 느긋하게 술잔을 받아드는 만호 아버지 쪽으로 모였다. 그는 기어코 막걸리 한 사발을 다 비우고 나서야 창부타령을 뽑았다. 신작로 자갈길 위에 몰아 뒹구는 가을비 소리가 노래 가락을 타고 흐드러지게 술판을 적셔갔다. 민규와 강정식을 뺀 나머지 사람 모두는 그 가락에 맞춰 어깨를 들썩였다.

타령이 끝나자 빗소리가 다시 박수 소리에 묻혀들었다. 성구 씨가 만호 아버지의 빈 사발에 막걸리를 부었다.

"아직도 쓸만허고만. 썩을 놈, 나 죽기 전인 더 늦지도 말어라. 자, 이 잔 받고 한 자락 더 뽑아라."

"썩을 놈. 걱정도 팔자네. 너보담 내가 먼저 갈 틴디, 씨잘 디 없는 소리 집어쳐라."

단숨에 잔을 비운 만호 아버지가 숨을 헐떡였다. 그는 술 주전자를 들어 옆자리에 앉아 있던 민규 앞으로 건넸다.

"자, 이 잔 받소. 자네 으르신도 고상 많이 허셨네. 그 성님 같은 양반도 드물었지."

좌중의 시선이 시무룩하게 고개 숙인 채 잔을 받아드는 민규에게 쏠렸다. 가을비 소리가 또 한 번 민규의 귓전과, 쓸쓸하게 빛나는 여학생의 눈초리를 맴돌았다. 여학생의 눈에서는 민규를 대할 때마다 늘 그렇게 쓸쓸함과 기쁨이 번갈아 넘나들었다. 그녀가 이 동네에 온 후, 민규네 집에 온 후, 여자를 대한 후, 그녀의 그런 증상은 갈수록 짙어졌다.

"그 새똥빠진 늙은이 소리 귀 담아 듣지 말고, 민규 자네도 노래나 한 자락 뽑아보시게."

"저 썩을 놈, 또 상관질여. 아 술부텀 한 잔 쏟아놔야 노랜가 뭔가도 나오지 않겠남?"

"그건 그려, 모처럼 사람 같은 소리 한 번 들어봤고만."

"썩을 놈."

노래 청이 나오자 잔을 받아든 민규가 머무적거렸다.

"선생님, 뭐하세요. 어서 그 잔 비우시고 노래하세요."

여학생이 생긋 웃으며 민규를 채근했다. 그 바람에 그가 얼떨결에 잔을 비우긴 했지만 머무적거리는 건 방금 전과 마찬가지였다. 그의 사촌인 이장이 조심스러운 눈초리로 그의 표정을 살폈다.

"이제 노래는 그만들 하시고 이장님 말씀을 들어보죠."

이장의 눈치를 재게 가로챈 강정식이 술판 분위기를 틀고 나섰다. 좌중은 다시 빗소리가 차지했다. 만호 아버지가 이장과 강정식의 눈치를 번갈아 살피다가 이장을 향해 입을 뗐다.

"저 사람, 젊은 사람이라 다르긴 다르고만. 그려, 이장님 허실 말씀 기시거든 어서 혀보시게."

이장이 영문을 모르겠다는 투로 난색을 표하자 강정식이 허리를 꼿꼿이 세웠다.

"농민으로서 올 추곡수매 값에 대한 의견을 듣고 싶습니다."

여학생이 짜증스럽다는 표정으로 강정식을 향해 눈을 흘겼다. 상렬이가 강정식을 보며 이맛살을 찌푸린 것도 거의 동시에 이루어진 일이었다.
"어허, 쌀값 얘기? 그것도 좋지. 그 얘기 한 번 들어보고, 쌀값 타령도 한 번 혀봄세."
만호 아버지가 비아냥거리는 투로 너스레를 펴자 빗소리에 짓눌렸던 좌중의 분위기가 조금은 누그러졌다. 그 틈을 탄 여학생이 자리에서 슬며시 일어섰다. 그러자 민규가 따라 일어섰다.
"왜? 벌써들 갈라구? 술판이나 파하면 일어스지 그러는가?"
민규는 만호 아버지의 아쉬움 찬 표정을 향하여, 그리고 동네 사람들에게 정중히 인사를 하곤 집 쪽으로 돌아섰다. 여학생이 기다렸다는 듯이 그 뒤를 따라 나섰다. 엉덩이를 몇 번 들썩이던 상렬이는 그냥 눌러 앉고 말았다. 그걸, 자기 집에 오고 싶어 하는 사실을, 여자를 보고 싶어한다는 사실을 눈치 챈 민규였지만, 모른 체 했다. 처음부터 두 사람의 일이란 게 이미 정해져 있다는 생각을 한 그였다.
토방 위에 올라선 민규와 여학생의 머리에서 물방울이 뚝뚝 떨어졌다. 여자가 방안에서 수건을 들고 나왔다. 수건을 받아든 여학생이 여자에게 고개를 쳐들며 생긋 웃었다.
"고마워요. 늘 말없이 친절하기만 한 아줌마. 가을비치곤 제법이죠?"
여자는 여학생의 말대로 아무 말 없었다. 고개 한 번 끄덕이곤 설핏 웃기만 했다.
"웃기라도 하니 다행이오?"
수건으로 머리의 빗물을 닦아내던 민규가 퉁명스러운 어조를 던졌다.
"하여간 이 집 사람들은 참 이상해요. 말이 없다든가, 퉁명스럽다든가."
민규와 여자를 번갈아 보며 여학생이 애교를 떨었다.

민규가 수건을 머리 위에 둘러쓴 채 피식 웃으며 마루에 올라앉자 여자는 방안으로 들어갔다. 방문이 조용히 닫히자 여학생은 그 순간의 아쉬움을 참아내기가 겨웠던지 민규에게 호들갑을 떨었다.

"엄머, 선생님. 그렇게 하고 계시니까 정말 농부 같네요. 난 목에 감아야지."

여학생이 손에 들고 있던 수건을 목에 질끈 감아 돌리자 민규가 피식 웃으며 대꾸했다.

"원래 농부의 아들이요."

"저한테도 계속 그런 투로 말씀하실 거예요? 혼내 줄 거예요!"

여학생이 생긋 웃으며 풀어진 수건을 다시 한 번 감아올리곤, 앙증맞을 정도로 입술을 다물었다.

"혼내봐야 뭐 나올 것도 없을 텐데 그러시우?"

"또 그 투시다. 좀 친절하게 말씀하실 수 없어요? 그 어줍지 않은 존대말 좀 그만두시고요. 자, 불러보세요. 정님아! 하시란 말씀이예요."

이번엔 여학생이 생긋 웃으며 민규의 팔을 잡아끌었다. 민규는 더 이상 어찌할 수 없다는 뜻을 내보였다.

"뭐 차차로 그렇게 되겠지. 반말이고 뭐고 우리 형식 너무 따지지 말자고."

"엄머어, 이제 선생님이 저보다 한 발 앞서 나가시네요."

"그럼 내가 맹탕 구식인줄 알았소?"

"또 그러신다. 맨날 알았소? 그러시면서 구식이 아니란 말씀이예요?"

"미안해요. 버릇이 돼서."

"또 요 타령. 그러니까 구식이죠. 노래시켜도 하지도 않으시고."

민규는 가슴이 섬뜩했다. 가을비는 개나리 울타리 너머로, 축축하게 고개 숙인 누런 벼이삭 위로, 허연 물보라를 만들어 갔다. 물보라 속에서 만호 아버지의 흐드러진 노래 가락이 묻어나와 잠시 민규의 가슴을 적셨다. 그는 여자와 함께 있던 산말랭이에서 흐드러지게 가을 노래를 부르고 있던 소년의 모습을 떠올렸다. 그의 음성이 구절초의 산들거림을 제치고 저수지 물 위로 뻗어나가고 있었다.

"가사를 제대로 아는 게 있어야지."

"가사는 곡에다 붙이면 되는 것 아니예요? 우리나라 민요 가락이 다 그런 거 아니예요? 선생님 그리고 언제 농부 아들 제대로 하실 거예요?"

여학생은 연신 생글거리며 민규를 나무랐다.

"이놈의 가실 비가 맴 먹고 오는 모냥여."

여학생이 민규의 의기소침한 얼굴을 짓궂게 살피며 생긋 웃는 순간 상렬이가 마당 안으로 들어섰다.

"어서 오시게. 마침 잘 왔네."

민규가 머리에 두른 수건을 건네주며 상렬을 반갑게 맞았다. 민규가 반가와 하는 모습을 보고 있던 여학생이 까르르 웃었다.

"왜 웃으쇼? 내 꼴이 물에 빠진 시앙쥐 같기라도 혀요?"

상렬이가 쑥스럽게 여학생을 보며 머리의 물기를 수건으로 털어냈다.

"그게 아니고요. 선생님 때문에요."

"왜 무슨 일 있었는가?"

상렬이가 사뭇 심각한 투로 민규를 보았다. 그러자 여학생이 또 한 번 까르르 웃었다.

"아까 노래 안했다고 퉁산이 먹든 중이었네. 요행이 자네가 와서. 하여간 굉장했었네."

"노래고 뭐고, 시방들 난리 꾸미고 있네. 정식인가 그 사람 엔간허드구만."

"왜? 순진한 사람 같더고만."

"그런지는 몰라도, 고집 한 번 시더고만. 지금들 격론이 붙었네. 나는 골치 아픈 소리들 듣기 싫어 이리 내빼버렸네. 아까 자네 올 때 나와 버릴 걸 잘못했당게. 한 번에 우르르 나오는 것 같애 사람들 보기 좀 미안혀서 그랬네만."

"그렇기도 하겠지."

민규는 고개를 숙였다. 집안이 잠시 가을비 소리에 묻혀들었다. 민규는 지금 점방에서 벌어지고 있을, 낱낱의 일들을 떠올려 보았다. 자신과 여학생이 나올 때 머뭇거리던 상렬의 자세를 뒤집어 생각해 보았다. 그 순간 그의 눈에 상렬이가 들어왔다. 어깨 위에 수건을 늘어뜨려 놓은 채 고개를 숙이고 서 있는 상렬의 시선은 마루 끝 아래에 단정히 놓여있는 여자의, 황토물 튀겨 오른 운동화를 향하고 있었다. 토방에서 올라가 마루 끝 한가운데에 물려 추녀를 떠받친 기둥나무에 왼팔을 감고 앉아있는 여학생은 두 남자의 축 처진 어깨를 살폈다.

"그 샥시 아직 방안에 있나?"

"응. 들어가 보게."

"헐 말이 좀 있어서."

상렬은 조금 미적거리는 태도를 보이다간 성큼 안방으로 들어갔다. 빗소리가 집안 곳곳에 스며들었다.

민규가 머릿방으로 들어오자 여학생이 따라 들어왔다. 그녀는 입술 언저리에 수줍음을 내비치며 민규 앞에 다가앉았다.

"그 아저씨가 아줌마를 좋아하나 봐요."

"그렇게 봤나? 근데 왜 정님이 얼굴이 빨개지나 모르겠네."

"참, 선생님도……."

"왜?"

민규가 자신의 무릎 쪽으로 기울어져 한껏 달아오른 여학생의 얼굴을 빤히 들여다보며 짓궂게 웃었다.

"여수끼가 다분하다 이 말씀이예요."

여학생이 고개를 들고 돌연 정면으로 민규의 얼굴을 대했다. 민규는 멋쩍다는 듯 시선을 창 쪽으로 돌렸다. 빗줄기는 여전했다. 그는 문득 여학생과 아내의 얼굴을 겹쳐서 떠올렸다. 그러면서 물리학에서 사용하는 반작용에 관한 기호들을 늘어놓아보았다.

"여수라, 나도 정님이나 좋아해볼까?"

"그런 말씀은 절 좀 똑바로 보고 말씀해주실 수 없어요?"

"그런가. 그래본들 뭐 별 수라도 있겠냐만."

민규가 시들한 표정으로 여학생을 보자 한껏 달아올랐던 여학생의 얼굴이 제 빛을 찾아갔다.

"그 아저씨 지금 무슨 말을 하고 있을 것 같아요?"

"한 마디도 못하고 있을 걸."

"네?"

잠시 의아한 표정을 지었던 여학생이 이내 생긋 웃었다. 민규는 여학생의 웃음을 외면하면서, 지금 여자 앞에서 마른 침을 삼키고 있을, 세상의 온갖 불안을 다 떠안고 있을 상렬의 모습을 그렸다.

"선생님은 누구 짝사랑해본 일 있으세요?"

"없어."

무뚝뚝하게 대답해버린 민규가 창밖으로 고개를 돌리자 방안엔 잠시 침묵이 흘렀다. 여학생은 목구멍으로 마른 침을 삼켰다.

"선생님도 참, 어지간하시네요. 제가 그렇게도 매력이 없어요? 선생님이 저한테 물어볼 말씀을 제가 대신하네요. 저한테 그렇게 관심이 없어요? 좀 이것저것 묻기도 하고 그러세요."

"알 일이 뭐 있겠나. 정님이사 얼굴도 이쁘고 시집도……."

민규가 웃으며 여학생을 바라보았다. 여학생은 다시 얼굴을 붉혔다.

"시집요? 제 나이 이제 스물 하난데요?"

"좋은 사람 나타나면 그냥 하는 거지."

"결혼이란 게 그렇게 막 해도 되는 거예요?"

"막 하는 게 아니라 그냥 하는 거라니까."

"사모님 하곤 어떻게 결혼하셨는데요?"

"잘 모르겠어. 그냥 한 것 같아.?"

민규는 지나간 나날들을 떠올리며 다시 창밖으로 고개를 돌렸다. 여학생이 그런 민규를 보며 생긋 웃었다.

"선생님은 참 비밀이 많으신 분 같아요. 전 선생님 같은 분이 좋아요. 그런 사람이 나타나면 저도 그냥 결혼해버릴지도 모르겠어요."

"내가 너무 구식이지?"

민규가 여학생 쪽으로 고개를 돌리며 멋쩍다는 듯 피식 웃었다. 여학생이 입술에 수줍음을 감아올리며 민규 앞으로 턱을 들이올렸다.

"연세가 아직 한창이실 텐데요."

"나이? 아까 두 노인네들 봤잖아?."

"네? 그게 무슨 뜻이예요?"

의아한 표정을 짓는 여학생의 눈에는 이내 쓸쓸한 기운이 고여 들었다. 그녀는 그것을 애써 감추려 했고, 그래서 엉뚱한 말을 해야 했다.

"근데 두 분은 왜 서로 먼저 돌아가시겠다고 그러시나요? 물론 농촌 실정이나, 가난, 그런 문제들을 접어놓고라도 말이예요."

"정님인 나이 들면 그렇게 안 살 것 같지?"

"네? 무슨 말씀 하시는 거예요?"

"응, 정님이가 나 같은 사람 좋아한다니까."

민규는 여학생을 보며 슬쩍 눈웃음을 쳤다. 여학생이 수줍은 얼굴을 하며 고개를 숙였다.

"선생님은 역시 여수끼가 다분해요. 이젠 저도 안 당할 거예요."

"그게……."

민규가 장난기 어린 말을 하려다 말고, 양 팔을 어깨 뒤로 젖혀 방바닥에 짚으며 짓궂게 웃었다.

"선생님이 모처럼 그렇게 웃으시니 참 보기 좋네요. 그런데요……?"

여학생이 잠시 조심스럽게 민규의 눈치를 살폈다.

"왜, 어디에 또 무슨 비밀이라도 있어 보이는가?"

또 한 번 짓궂게 웃는 민규를 향하여 여학생이 얼굴색을 정돈하고 나섰다.

"저 방에 계신 아줌마는 선생님하고 어떻게 돼요? 통 말씀도 없으시고, 잡수시지도 않는 것 같고."

"그래도 정님이는 제법 자상하게 묻는군."

민규는 더 이상 '불쌍한 사람이라고들 하더만' 이라는 가식적인 말을 내뱉기가 싫었다. 그는 양 팔을 어깨 뒤로 젖혀 짚은 채 고개를 숙였다.

"네?"

청동 빛 어스름을 몰고 방안으로 스며드는 빗소리가 여학생의 의문에 찬 낯빛을 묻었다. 민규는 고개를 떨군 채 꼼짝도 하지 않았다.

"다들 누구냐고 묻는데, 사이를 묻는 것 같아서. 그건 그렇고 저 방으로 가서 직접 한 번 보지 뭐. 이번엔 노인네가 아니라, 중년 남자의 행색을 좀 보자구!"

민규가 불쑥 일어나 방문을 열고 나서자, 의아한 낯으로 턱을 쳐들고 있던 여학생이 엉겁결에 따라나섰다. 민규는 몇 발자국을 군인처럼 떼었다.

여자 앞에 고개 숙이고 앉아있는 상열은 끊임없이 입만 달싹거릴 뿐이었다. 오랜 세월 동안 그의 얼굴 깊숙이 파묻혀 있던 잿빛이 점점 가셔지고 있는 순간순간이었다. 무릎 꿇고 앉아있는 여자의 이마에서는 송글송글 땀방울이 돋고 있었다. 여자의 사슴눈에서, 계란형 얼굴 곳곳에서 나오는 빛이 으스름을 갈라 상열의 잿빛 얼굴을 빨아들이고 있었다.

방문을 연 민규는 들어가지도 못한 채 그 모습을 지켜보기만 해야 했다. 민규가 보기에 여자는 지금 분명 무슨 일을 하고 있었다. 그는 며칠 전 상열이의 병이 나을 것 같다는 생각을 한 일을 되짚으며, 안타까운 눈으로 여자의 땀 맺힌 이마를 보았다.

여자는 자신의 창백해진 얼굴을 자신의 곱들인 숨소리로 지탱하는가 하더니, 곧 그 자리에 쓰러졌다. 그 순간 민규는 방안으로 뛰어 들어갔고, 여자를 부둥켜안았다. 가을비 소리가 방안으로 무겁게 밀려들었다.

8. 눈물, 사랑해요

　자정이 넘었다. 창호지 문으로 새어 들어오는 빗소리가 촛불을 흔들었다. 민규와 상렬이와 여학생이 나란히 앉아 아랫목에 누워있는 여자를 지켜보며 서로의 눈치를 살폈다. 머릿방에서는 두 대학생이 술에 곯아 떨어져 있었다. 그들의 코고는 소리와 잠꼬대 소리가 눅눅하게 마룻장에 깔려 가끔씩 안방까지 새어 들어왔다.
　"안됩니다. 농민들이 먼저 나서서 투쟁해야 합니다. 제 값이 아니라 제 권리를 찾아야 합니다. 선생님께서도 꼭 그날 현장 참여를 하셔야 합니다."
　강정식의 잠꼬대 소리가 빗소리에 젖어 세 사람의 귀에 스며들었다. 상렬은 민규를 향하여 두 눈을 치켜떴다. 밤이 깊어갈수록 그의 얼굴에는 생기가 돌았다.
　"대체, 왜 병원일 안 디리꼬 가자는 건가? 죽기라도 허면 자네 책임이 아닌 게 상관없다는 얘긴가? 허기사 다 내 책임인게. 내가 공연한 생각을 품었지. 내가 미쳤지!"
　그는 죽은 처자식을 위해 아무것도 할 수 없었던 자신의 처지를 생각하며 두 주먹으로 가슴을 꾹꾹 눌렀다. 그러자 그는 여자에게, 지금 자신의 눈 앞에 누워있는 여자에게 미안하다는 생각을, 하염없이 미안하다는 마음을 품게 되었다.

"자네 잘못한 거 없네. 병원에 가봐야 소용없는 일이네. 공연히 소란피울 것 없대두 왜 자꾸……?"

민규가 상렬을 짜증스럽다는 투로 바라보았다.

"그럼, 이 여자를 이대로 죽게 내버려 둬야 속이 션허것남?"

"죽고 사는 건 나도 모르겠네. 그건 병원에 가도 마찬가질 걸세. 이대로 기다려보는 수밖에 다른 도리 없네."

민규가 더 이상 말대꾸하기 싫다는 투로 단호하게 못을 박자 상렬이 고개를 숙인 채 한숨지었다. 그의 눈시울은 뜨거워져 있었다.

"참말로 모를 일이고만. 나도 미쳤지. 이 꼴에 어떻게 한 번 살아보겠다고. 허지만 하늘에 두고 맹세허네. 난 이렇다 저렇다 한 마디도 못혀봤네. 원 이 주변머리 없는 입이 떨어져야 말을 허든지 말든지 허지."

상렬은 다시 주먹을 쥐어 눈물을 한 번 훔쳐대곤 방바닥에 이마를 문질렀다. 민규가 한숨지으며 그의 어깨 위에 오른손을 얹었다. 그는 어젯밤 잠자리에서 상렬이가 하던 말을 떠올렸다.

"그러지 말고, 그만 건너가 자게. 자네가 주변머리 없어서 그런 것도 아니네. 자넨 건강하게 잘 살 걸세."

민규는 상렬의 어깨를 잡아 일으켰다.

"사람이 죽게 생겼는디 지금 내 건강이고 뭐고가 대순가?"

상렬은 죽은 아버지, 어머니, 아내, 아들의 얼굴을 차례로 떠올렸다. 그의 몸은 뒤틀렸다. 그는 여자에게 품었던 자신의 연정을 그렇게 접을 수밖에 없었다.

"죽지 않을 테니 걱정하지 말게. 어서가 자게. 여기 일은 정님이 하고 나하고 다 알아서 할 테니까 어서 건너가게."

"그렇게 하세요."

상렬이 미적거리는 눈치를 보이자 여학생이 거들고 나섰다. 민규의 말뜻을 제대로 이해하진 못했지만, 그래서 민규의 눈치를 살폈지만, 여학생은 거의 본능적으로 상렬의 팔을 잡아 일으켰다.

"제가 부축해 드릴게요."

"겐찮여요. 내 발로 걸어 나갈 수 있쇼. 근디, 민규말여!"

막 문고리를 잡던 상렬이가 돌연 민규를 돌아보았다. 민규가 손등으로 눈두덩을 문지르며 상렬을 올려다보았다.

"왜 그러시나?"

"거시기 말여, 나 오늘 밤은 그냥 내 구디기서 자야 쓰겄네."

아랫목에 죽은 듯 누워 있는 여자를 한 번 훔쳐본 상렬이 이내 방문을 열고 나갔다.

"그렇게 하시든가. 빗길 조심하게."

두 눈을 껌벅이며 던진 민규의 인삿말을 방안으로 밀어 넣으며 문이 닫혔다. 그 사이에 방안으로 밀려들어온 비 냄새가 민규의 코를 축축하게 적셨다. 민규는 그 때의 작업장을 쓸쓸하게 떠올렸다. 그리곤 여자를 보았다. 그에겐 여자가 몸 져 누워있다는 생각이 좀처럼 떠오르지 않았다. 그만한 크기의 생명가닥이, 어떤 태고의 생명가닥이 그냥 그렇게 있다는 느낌이 그의 가슴을 떠나려 하지 않았다.

"정말 병원에 안 모시고 가도 괜찮겠어요?"

여학생이 민규의 눈치를 조심스럽게 살폈다.

"괜찮을지 어쩔지는 나도 모르겠어. 안가는 게 더 좋은 것만은 확실한 것 같아."

"통 잡수시지를 않아서 그런 것 아니예요?"

어느 가물었던 해, 가을이 민규에게 떠올랐다.

모두 메밀묵으로 끼니를 때웠다. 아버지 어머니는 주린 배를 이겨내며 일터로 나갔다. 민규가 학교에 가지 않는 날이었다. 그는 영어단어로 주린 배를 채웠고, 외로움은 그런 그의 가슴을 남김없이 쓸어냈다.

민규는 지금 자신의 몸에 걸치고 있는 아버지의 일옷을 바라보았다. 그리고 한숨을 쉬었다. 그 때의 배고팠던 나날들이 그의 머리를 스치고 지나가서였다.

"그게 다는 아니겠지."

"네?"

여학생은 민규도, 여자도, 다 이해할 수 없다는 표정을 지었다.

"저렇게 편안하게 누워있는 사람을 뭐 하러 병원엘 데려가나?"

여학생은 한동안 아무 말 없이 민규의 시선을 따라 여자를 바라보았다. 그리곤 고개를 끄덕였다.

"별다른 세계에 온 기분이예요."

"별다르기보다는 우리 모두가 바라는 세계일 거야. 우리가 평소 깨닫지 못해서 그렇겠지만……."

그는 산말랭이와 저수지의 일들을 생각해보았다.

"선생님은 뭔지 짐작이 가세요?"

"나도 모르겠어. 그런 내 자신이 답답할 따름이야."

민규는 그날 해가 다 넘어가서야 밥 한 그릇을 얻어들고 집으로 돌아왔던 아버지 어머니의 지친 모습을 떠올렸다. 촛불 빛 속에서 희끗희끗 얼룩져 보이는 일옷 위로 자란 민규의 쓸쓸한 표정을 바라보며 여학생이 생긋, 억지로 생긋 웃으며, 억지가 아닌 진실한 말을 했다.

"전 선생님의 그 표정이 참 좋아요. 분위기 있어 보여요."

"오랜만에 웃는 모습을 보는 것 같고만. 난 정님의 그 웃음이 좋더라."

두 사람은 잠시 서로를 정면으로 마주 보았다. 그리곤 동시에 허탈하게 웃었다.

"선생님이나 저도 참 희한한 사람이네요. 환자 앞에서 이렇게 희희대고 있으니 말이예요."

"응, 원래 종자가 그렇게 생겨먹어서 그럴 거야."

"종자요?"

이번엔 여학생이 손바닥으로 입을 닫으며 깔깔대고 웃었다.

"어때? 아까 그 친구 괜찮은 사람 같지?"

"네. 근데 좀 안됐어요. 어쩜 한마디도 못해볼 수가 있어요?"

"그래서 좋다는 얘기야. 정님이 같으면 한마디라도 해볼 수 있겠어?"

"그럼요. 전 좋아하는 사람이 생기면, 팍 말해버릴 거예요."

"그게 그렇게 쉽게 안 될 걸!"

민규가 비아냥거리는 투로 말 가닥을 잡아 늘이자 여학생의 표정이 일순 굳어졌다. 여학생은 애써 낯을 폈다. 그 역시 순간적인 일이었다. 여학생은 민규를 보며 양쪽 보조개 쪽으로 수줍게 입술을 감아올렸다.

"혹시 선생님이 아줌마를 그렇게 좋아하시는 건 아니예요?"

"정님이다운 발상이군. 내가 정님이 좋아하는 건 어떻게 하구?"

"여자의 다리 쪽에 엉덩이를 붙이고 앉아있던 민규가 여자의 머리 쪽으로 두 다리를 쭉 뻗으며 피식 웃었다. 그에게 잠시 수줍은 눈초리를 흘려보내던 여학생이 머리를 떨구었다.

"선생님, 그 말씀 농담 아니시죠?"

"왜, 농담이면 어때서?"

민규가 다리를 뻗은 채 두 팔을 뒤로 젖혀 짚으며 여학생을 향해 턱을 내밀곤 다시 피식 웃었다.

"그러시겠죠. 저 같은 여자가 선생님한테……."

귀 떨어진 접시에 수북하게 촛농을 쏟아 내린 촛불이 문틈으로 새어 들어온 바람을 흔들어댔다. 잠시 흐트러진 불빛 속에서 여학생의 두 눈에 고인 눈물이 민규의 눈에 띄었다. 빗소리가 그 눈물로 스며들었다. 민규는 고개를 돌려 여자를 보았다. 여자의 얼굴에 서서히 핏기가 돌았다. 민규는 여자의 얼굴에서 연꽃이 피어나고 있다는 생각을 했다. 순간 그는 여자의 지난 일들을 떠올렸다. 여자의 애인, 남편, 무릎 꿇고 두 손 모아 앉아있던 모습, 저수지 한가운데로 꽂히던 빛기둥 등, 여자의 모든 일들이 그의 마음을 숙연하게 했다. 그는 이 순간 여자의 모습에서 단 한 순간이라도 눈을 뗄 수가 없다는 생각을 했다.

"정님이."

"말씀하세요."

"이 사람이 한 식구 같다는 생각이 들지 않나?"

"선생님은 그러시겠죠. 저에겐 꼭 하늘나라에서 내려온 선녀 같이 보여요."

여학생은 더 이상 눈물을 감추지 못했다. 이번에는 글썽이는 소리가 빗소리로 숨어들었다. 민규는 두 다리를 뻗은 채 여자 쪽만 바라보고 있었다.

"언제부터 그렇게 울 채비를 하고 계셨나?"

"어려서부터요. 다른 사람 앞에선 울어본 적이 없어요. 혼자 있을 때만 울었어요. 선생님 앞이 처음이예요."

"기특한 일이시고만."

"선생님도 이제 그 억지, 여수 좀 그만 떠세요. 본색 좀 드러내면 안 돼요?"

"울면서도 할 말은 다 하시는만. 그래, 어쩌다 그렇게 우는 신세가 되었나? 나 좋아한다고 울 턱도 없고."

민규는 퉁명스런 어조를 던지곤 빗소리를 들으며 여자의 얼굴에 계속 번져가는 생기에서 눈을 떼지 않았다. 촛불 빛이 환하게 피어나는 여자의 얼굴빛에 의해 희미해졌다. 민규는 어머니의 지친 모습이 그렇게 밝아지곤 했었던 일들을 되새겼다.

"전 선생님이 좋아요. 저도 모르겠어요. 아까 선생님께서 아줌마를 부둥켜안을 때 제 가슴이 덜컥 내려앉았어요. 우리 아빤 엄마를 때리기만 했어요. 선생님, 제가 나쁜 여자죠?"

여학생의 눈물방울이 한층 투명해졌다.

"나쁜 여자가 아니라 영리하고 착한 소녀고만, 그래. 지금 어머님은 어떻게 지내시나?"

"심장병을 앓고 계세요. 저하고 같이 나와 살아요. 아빤 새 여자를 얻었어요. 남동생 하나를 낳았어요."

"생활도 어렵겠고만?"

"아빠가 돈은 충분히 대주고 있어요. 정말 받기 싫지만, 엄마 때문에 어쩔 수가 없어요. 아빠를 도저히 이해할 수가 없어요. 다른 이유 다 그만두고라도, 제가 남자로 태어났다 해도 엄마처럼 아름다운 여자를 만날 순 없었을 거예요. 이건 딸이라서 하는 소리가 아니예요. 엄만 지금도, 정말 누가 봐도 미인이예요. 아플수록 더 그런 것 같아요."
"정님이가 엄마를 닮아서 그렇게 예쁜가 보구나! 그래도 정님이는 자신을 잘 지켜나가겠고만."
민규는 며느리를 얻을 때의 어머니 모습을 떠올렸다.
쓸쓸한 모습을 정말 기민하게 감추고 있었다. 환하게 웃고 있었다.
여자 쪽을 향한 민규의 수려한 눈두덩이 환하게 열렸다.
"선생님, 절 안아주세요."
여학생의 양 뺨을 탄 굵은 눈물 줄기가 주르르 흘러내렸다. 이제 촛농 위에 내려앉은 불꽃이 몇 번 가늘게 나풀거렸다. 그리곤 피시식 촛농을 타고 내리며 마지막 숨을 죽였다. 심지 끝에서 한 가닥 연기가 피어올랐다. 그으름 냄새가 방안 사람들의 가슴을 파고들었다. 방안은 캄캄해졌다.
"어머니가 그러신데 어떻게 여길 쫓아왔나? 정식이와 봉수완 친한 모양이지? 어때, 그 사나이들이 위로 좀 해주고, 그러던가?"
"……."
정님은 고개를 떨군 채 입술을 꼭 다물었다. 빗소리가 그녀의 눈물을 걷어냈다.
"참, 내 정신 좀 봐. 안아달라고 하셨던가? 뭐, 꼭 그렇게까지 할 필요 있나? 난 정님이가 생각하고 있는 만큼 그렇게 따뜻한 사람이 못된다고!"
"전 선생님을 이성, 남자로서 좋아한단 말이예요!"
계속 여자에게서 눈을 떼지 않고 있는 민규를 향하여 여학생이 신경질적인 음성을 쏘아붙였다.
"이성? 이 세상 남자들이란 게 다 그 모양 그 꼴이라고! 나라고 뭐 별 수 있는 줄 알아? 오히려 나 같은 남자가 더 고약한 줄 몰라? 이기적이라고!

정님이 말대로 본색만 감출 뿐이라고. 난 뭐 내 마누라한테 잘하는 줄 아시나? 내버려 둘 뿐이라고. 건드리면 귀찮아져서 라고!"

"절 좀 똑바로 보고 큰 소리 치실 수 없어요? 그 아줌마 아깝지도 않으세요? 아까워서 어떻게 그 면전에다 대고 소리를 지르세요?"

"여러 소리 말고 정님이는 빨리 가서 어머니를 보살피는 게 낫겠어. 날이 밝으면 바로 집으로 돌아가라고. 뭔지는 모르지만 여기 일은 강정식 하나로도 충분하겠더구만."

"선생니임, 미안하지만 정식이 형도 저나 비슷한 처지라고요. 봉수형도 마찬가지고요. 선생님 말씀대로 이기적인 남자들 덕분에 생과부 밑에서 자랐다고요. 다들 그 모양 그 꼴이라고요."

"끼리끼리들 모였나보군. 정님인 여자로 태어난 게 행운인지도 몰라."

"……."

여학생이 민규를 흘겨보는 순간, 여자가 두 눈을, 사슴눈을 껌뻑 떴다. 민규는 가슴이 두근거렸다. 그는 뜨거워지는 눈시울을 억제하느라 두 다리를 바싹 오므려 접었다. 여자의 머리맡으로 다가가 무릎을 꿇었다. 이마 위로 흐트러져 내린 여자의 머리카락을 쓸어 넘겼다. 민규임을 알아본 여자가 수줍게 웃었다. 환한 연꽃이 피어나 민규의 가슴을 열어젖혔다.

"눈을 떴어!"

민규가 환한 얼굴로 여학생을 바라보았다. 고개 숙인 채 입술을 다물고 있던 여학생이 그런 민규 옆으로 바싹 다가앉았다.

"정말 그러네요. 아줌마!"

여학생이 목멘 소리를 내며 다시 눈물을 글썽였다. 민규의 가슴에 얼굴을 묻은 여학생은 흐느꼈다.

"정님아!"

"네에."

여학생은 어떤 기대감과 안타까움과 울먹임을 조용히 민규의 가슴에 묻었다. 민규는 하마터면 여자의 얼굴에서 눈을 뗄 뻔했다는 생각을 하곤 자신의 숨결을 가다듬었다.

"이 집이 좀 이상한 것 같지 않아?"

"왜요?"

"다들 그렇고 그런 사람들만 모여드는 것 같지 않아? 이 여자도, 정님이도, 나도, 상렬이도, 저 방 친구들도."

"전 아무것도 몰라요. 아줌마가 좋아요. 선생님 생가라면서요. 전 선생님 사랑한단 말이예요. 아무 말도 못하겠단 말이예요."

민규는 마른침을 꿀꺽 삼켰다. 창자가 축축해져 오는 것을 느껴서였다. 그는 자신의 무릎에 파묻혀 있는 여학생의 어깨 위에 두 손을 올려놓았다. 그리곤 여자의 수줍은 웃음에 다시 시선을 고정시켰다.

"대체, 그동안 뭐했소? 뭘 하느라 그렇게 누워만 있었소? 도사가 아플 리도 없었을 것이고?"

민규가 껄껄 웃는 소리를 냈지만 여자는 수줍게 웃을 뿐이었다. 민규는 여학생의 어깨를 잡아 세웠다.

"자, 이제 눈을 떴으니 이 사람도 잘 좀 봐주시오. 느닷없이 날 사랑한다고 하니 이거 변고 아니겠소?"

"아줌마, 괜찮으세요?"

여학생의 음성이 가늘게 떨려나왔다. 여자가 누운 채로 고개를 끄덕이며 환하게 웃었다. 왼손을 내밀어 여학생의 오른손을 쥐었다. 민규는 슬며시 일어나 방문을 열었다.

　민규는 팔베개를 하고 마루에 누웠다. 새벽바람은 서서히 빗발을 밀어냈다. 찬 기운이 민규의 뜨거운 입김을 마룻바닥으로 가라앉혔다.

　"선생님께서도 그날 꼭 그 자리에 나오셔야 됩니다!"

　누기진 마룻바닥을 타고 나온 강정식의 잠꼬대 소리가 민규의 입김을 흐트러뜨렸다. 민규는 흠칫 놀라 눈을 감았다. 도대체, 날 어디로 끌고 가려고 하는가? 나는 그저 쉬고 싶다. 지금까지 내가 그 어떤 것도 제대로 한 일이 없지 않은가? 찬바람이 마루 안으로 들어와 민규의 신음 소리를 쓸어갔다. 민규는 아내와 강정식의 얼굴을 떠올려 나란히 세워 보았다. 강정식의 눈이 순수하게 빛났다. 민규는 자신이 좀 비겁할지도 모른다는 생각을 했다. '원시인들이 사는 집 같아요' 라는 뚱뚱한 대학생의 말을 떠올렸다. 자신의 눈빛을 대하는 사람들에게 연민을 일으키게 하는 그의 삶의 태도가 부럽다는 생각이 들기도 했다.

　민규는 거푸 뜨거운 입김을 품어냈다. 상렬을 건강한 모습으로 떠올려 보았다. 한 남자의 순정에 생명을 쏟아 넣던 방안 여자의 놀라운 힘을 떠올렸다. 상렬이 지금쯤 그 작업장에서 곤히 잠들어 있을 거라는 생각을 하며, 민규는 추녀 끝으로 눈을 돌렸다. 그 위로 캄캄한 하늘을 보았다. 거기에서 시퍼런 가을 하늘을 찾아보았다. 민규의 몸은 그 하늘 한가운데로 떠올렸다. 찬바람과 졸음이 그의 전신을 엄습했다. 그는 아버지 어머니를 떠올렸고, 그리고 늘 자신의 품에 안겨들 때마다 웃음을 절제해버리곤 하는 두 아들놈을 차례로 떠올렸다. 그는 힘겹게 몸을 일으켜 세워 문고리를 잡았다.

　훈훈한 방안 기운이 그에게 졸음을 쏟아 부었다. 여학생은 벌써 여자의 가슴에 얼굴을 묻은 채 잠들어 있었다. 민규는 잠들지 않으려고, 여자에게 무슨 말인가를 하려고 안간힘을 썼다. 여자가 그런 민규를 보며 환하게 웃었다. 민규는 문고리에 걸쳐 있던 오른 손을 힘없이 내려놓으며, 방바닥에 고꾸라졌고, 이내 잠들었다. 바람 소리가 방안까지 밀려들어 빗소리를 방 밖 먼 하늘로 쓸어갔다.

뒷산 말랭이에 오른 민규는 숨을 가다듬는다. 저수지를 바라본다. 한낮의 햇살을 타고 여자가 저수지 한가운데에 내려선다. 양 팔을 벌린 여자가 뻗정다리를 한 채 몸을 앞으로 비스듬하게 기울이며 물위를 걷는다. 민규의 시선이 여자의 종종걸음을 따른다. 물위에 두 벌의 젓가락 모양을 차례로, 정확하게 찍는 여자의 발자국은 햇살을 사랑스럽게 담아낸다. 여자는 민규를 향하여, 사방을 향하여, 하늘을 향하여 환하게 웃는다. 그리고 조금 후, 여자의 몸이 물빛이 되어 사라진다. 민규는 저수지 한가운데를 향하여 몸을 날려본다. 그러나 민규의 두 발은 산말랭이에 그대로 붙어 있다. 민규는 저수지 한가운데로 날아보려고 안간힘을 쓴다. 한낮의 햇살이 그의 눈을 견딜 수 없이 허탈하게 쓸어간다.

민규가 꿈에서 깨어났을 때는 아침이었다. 그는 여자가 찍어놓은 발자국에 햇살이 쏟아지던 장면을 새록새록 떠올리며 눈을 가늘게 떴다. 마침 서쪽으로 내닫는 구름 사이로 맑은 햇살이 내려와 창호지 문을 간지럽게 했다. 여학생은 아랫목에서 아직 곤하게 잠들어 있었다. 민규의 눈에 여자가 보이지 않았다. 그의 가슴이 덜컥 내려앉았다.

그는 집안 곳곳을 뒤졌다. 부뚜막 위에 아침상이 차려 있을 뿐 여자의 흔

적은 더 이상 없었다. 그는 부엌바닥에 풀썩 주저앉았다. 귀뚜라미 한 마리가 부뚜막에 올라앉아 민규의 두 눈에 맺힌 물 기운을 살폈다.

9. 시든 꽃, 실성한 남자

　산말랭이에서, 여자의 어깨 위에서 저 갈 곳으로 날아 가버린 비둘기처럼, 어디론가 가버린 여자는 여러 날이 지나도록 돌아오지 않았고, 가을만 한껏 깊었다. 민규는 여자 대신 불을 때고 밥을 해대는 여학생을 제 집으로 돌려보내려 했지만 가지 않았다. 여자가 그렇게 떠난 후 부쩍 쓸쓸해진 민규의 눈은 오히려 여학생을 붙들어 두는 빌미가 되었다. 그는 낮에는 일을 했고, 밤에는 강정식의 주의 주장과, 추곡수매 개혁론에 시달려야 했고, 그를 향한 여학생의 애절한 눈빛 또한 그를 시달리게 했다. 그렇지만 여자에 대한 그의 그리움은 그 모든 것들을 압도하고 있었다. 그리움은 그런 시달림들을 그럭저럭 견뎌내게 할 수 있을 정도로 그의 마음 깊은 곳을 차지한 것이었다. 그는 낫질을 하다가도 먼 산을, 산말랭이를 바라보곤 했다. 그것은 그의 선친이 놀빛 속에서 어린 딸의 주검을 묻은 곳을 바라보는 모습 그대로였다. 그 때마다 벼이삭 위에 내려앉던 가을 햇살이 기운을 잃어 그의 두 눈에 서늘한 그늘을 드리웠다.
　만호 아버지의 노랫가락도 늦가을을 탔다. 나락 베는 사람들의 땀 젖은 등을 찾아 흐드러지게 퍼져나가지 못하고 멀리 청명한 하늘로 치솟기만 했다.
　민규는 또 낫질을 멈췄다. 나락 밑동을 파고들던 논흙 향기가 그의 코끝을 건드렸다. 그는 코끝에서 서늘함을 느꼈다. 낫이 힘없이 그의 오른 손아

귀를 빠져나갔다. 그의 턱이 하늘을 향했다. 그의 두 눈에 드리워진 그늘이 푸른 하늘을 떠받쳤다. 그는 눈을 한 번 감았다 떴다.

"고만들 허시고, 샛밥들 먹어요!"

이장이 허리를 펴고 일어나며 목청을 길게 늘어뜨렸다. 민규 옆에서 낫질을 하던 그는 잰 솜씨로 낫 놀림을 하면서도 가끔씩 민규의 눈치를 살피고 있었다.

"아따, 벌써 그릏게 되셨나아. 허기져 죽겄고만, 대낮부텀 샛밥은 뭔 놈의 샛밥이랴?"

만호 아버지의 노랫가락이 여운도 없이 흩어졌다.

"성님도 거 참, 늙어갖고 주책이요. 샛밥이 나왔으면 밥이나 자실 일이지 대낮부텀 무신 샛밥타령이라요."

"기동이 저것이 아직 홀애비 재미를 몰라서 저려."

"오늘은 기동이 잡놈이라고 혀도 내 봐주겄쇼. 작것, 오늘 조합일 끝나는 마당이, 홀애비 기운 좀 올려줘도 죄로 안갈 것인게."

일꾼들은 만호 아버지와 기동 씨의 입놀림을 앞세우며 논두렁으로 모여들었다. 머리에 감아 얹은 수건을 풀어내려 이마에 맺힌 땀방울을 닦아내던 몇몇 아낙들은 서로를 보며 키득대기도 했다.

"어이 민규! 저것이 꼭 이 논에서 나락 빌 때만 되면 철든당게. 작년이도 그러드만. 다 자네 선친 음덕인게벼. 어쨌든 기특허기는 혀. 그나저나 오늘 자네 논 비는 소감이 어쩌신가. 올이도 으째 자네 나락이 끝번호 탔고만!"

"아, 츰으로 일혀본 선상님이 그 소이를 어찌 알겄소?"

"저 사람, 또 나서는 고만. 이 사람아 소이가 아니라 소감을 물었네."

"아따, 성님도 되게 유식허시고만. 소감이나, 소이나 다 거그서 거그 겄더고만 그러쇼. 울 같은 사람덜이사 존말이다 생각허면, 그냥 쓰면 안 된다요? 학상들, 안 그렇소?"

"옳습니다."

강정식이 환하게 웃으며 오른 팔을 들어올렸다. 기동 씨의 너스레에 맞장구를 친 것이었다.

"그려도 강씨가 사람이 션션허더고만. 그 뭣인가, 깨우쳐라 공부혀라 소리만 안 허면, 나허고 배짱이 딱 맞겄드라고!"

"새소리들 고만하고 순대나 채우세. 자, 논임자부텀 한 잔 받으시게. 다른 디서들은 샛거리로다가 맥주 먹고, 짜장면 먹는다드만, 우리 동넨 나죽기 전인 어림없응게. 막걸리나 국수만헌게 어디 있간디?"

민규가 받아든 사발에 막걸리가 찰찰 넘쳤다. 기동 씨가 입맛을 쩍 다시며 말꼬리를 달았다.

"아따, 그거사 우리 같은 농투산이 기분이고, 젊은 사람들 입맛이 어디 그런가요? 안 그러신가, 강 씨?"

"술이야 막걸리가 최고죠. 배도 부르고."

강정식이 이번에는 좀 미안스럽다는 시늉을 했다.

"으찌, 강 씨는 맘에 들었다 안 들었다 허는지 모르겄어?"

"말은 바른대로 혔고만, 맘에 들고 안 들고가 어딨어? 거 자꼬 씰디 없는 소리 허지 말고 잔이나 받어."

강정식이 술잔을 받는 순간, 사람들의 시선이 일제히 찻길을 향했다. 신문사 표시가 뚜렷한 지프차 한 대가 이쪽으로 들어왔고, 멈춘 차에서 늘씬한 중년 여기자가 내렸고, 그 뒤를 활동 사진기를 든 사람이 내려 몇 번 두

리번거리다가 이쪽으로 걸음을 떼었다.

"저 사람들 뭣 하는 사람들이랴? 면 직원들은 아닌 것 같고?"

강정식에게 막 술을 따라주려 하던 기동 씨가 그 쪽을 보며 고개를 갸우뚱거렸다. 사람들의 시선이 민규의 것을 빼고 다 그 쪽으로 쏠렸다. 민규는 막 막걸리 사발을 입에 대려던 참이었다. 그러나 이장은 자신의 사촌형에게 그런 틈을 주지 않았다. 그는 손가락으로 사촌의 옆구리를 쿡 지르며, "성수님 오시네요"를 낮은 어조로 선언했다. 그리고 "실은 엇저녁으 즌화가 왔었는디, 오늘 내려 오신다구, 성님한티는 아무 말씀 말어 달라고 혀서"를 기민하게 이었다.

민규는 막걸리 사발을 내려놓고 자리에서 일어섰고, 방문객들에게서 바로 등을 돌렸다. 그는 앞이 캄캄했다. 그들을 보는 순간 저승사자를 만나기나 한 듯한 표정을 지은 그였다. 그는 순식간에 철탑을 만들었고, 그 동안 이곳에 와서 겪은 일들을 그 안에 꾸겨 넣었다. 그는 탑을 부둥켜안고 무겁게 걸음을 떼었다. 그는 간신히 고개를 들어 산말랭이를 올려다보았다. 그와 동시에 그 때의 비둘기가 날아간 쪽으로 눈길을 돌렸다. 여자가 갔을지도 모른다고 스스로 짐작한 그 쪽을 향하여 그는 무거운 발걸음을 떼어갔다.

그 사이 샛밥 자리를 점유한 신문사 사람들은 제 볼일들을 벌였다. 여기저기 사진기를 들이대던 그들은 곧 민규를 쫓았고, 강정식이 뒤를 따랐고, 조금 있다가 여학생이 그 뒤를 따랐고, 뚱뚱한 학생은 그 자리에 남았다.

민규를 먼저 따라잡은 것은 아내보다는 강정식이었다. 청년 농민 운동가는 절도 있게 중년 교원노조 운동가를 가로막았다.

"선생님, 왜 피하십니까? 대담을 하셔야죠. 진보신문사에서 나왔는데요. 선생님의 참모습을, 실천하는 모습을 이 나라 민중들에게 보여주셔야죠."

청년의 눈빛은 초롱초롱 빛났지만, 민규는 계속 무거운 발걸음을 떼었다. 그러자 이번엔 아내가 앞으로 나와 민규를 향해 돌아섰다.

"여보! 왜 그래요? 내가 다 알아서 한다니까요?"

민규는 아무 대꾸도 하지 않고 발걸음을 내디뎠다. 사진 기자는 흥을 잃었다는 듯 손등으로 햇빛을 가리고 한 차례 사방을, 벼 베기가 끝나 쓸쓸하게 검회빛 흙살을 드러낸 논바닥을 둘러보았다. 그 사이 여학생의 시선은 민규와 아내의 표정을 부지런히 오갔다. 아무 이유도 없는 절망이 그녀의 가슴을 덜컥 내려앉게 하는 순간, 민규에 대한 그녀의 연민이 그 자리를 채웠다. 그러나 한 번 그렇게 그녀의 가슴을 내려앉게 한 절망감은 그녀의 의식을, 몸을 쉽사리 움직이지 못하게 했다. 그녀의 착한 마음만이 자신의 아버지의 경우와는 정반대의 중년 남성에 대한 연민을, 열등감에 뒤엉킨 연민을 키워갔다. 결국 조금 지난 후에, 민규와 그를 수행하는 사람들이 저만치 간 후에야 그녀는 그들을 따랐다.

민규는 집 앞을 지나, 뒷밭을 지나, 산자락에 이르는 동안 계속 같은 속도로 걸음을 떼었다. 철탑을 안고 있는 그의 걸음은 느렸지만, 그 대신 따르는 사람들도 쉽게 그의 테두리를 범하지 못했다. 그들은 산중턱에 이르러 숨을 허덕였다.

"여보, 지금 뭐하시는 거예요? 여기 박 기자님 당신을 위해 이렇게 장비까지 짊어지고 오셨는데 너무 하시는 것 아니예요?"

민규의 표정이 하도 무거워서 아무도 그의 아내 양복희를 거들 엄두를 내지 못하는 터에 강정식의 눈이 초롱초롱 빛났다.

"아닙니다. 선생님의 고결한 인격을 존경해야 합니다."

그 말을 들은 양복희는 일순 안도의 숨을 내쉬었고, 그 순간 수없이 많은 문구들을, 스스로 참신하다고 생각한 기사 문구들을 생각해냈다. 조금 후에야 강정식을 바라본 그녀의 얼굴에는 희색이 돌았다. 정님이 그녀의 눈에 띈 건 그 순간이었다.

"농활 나온 학생들이군요. 훌륭하십니다."

그녀는 강정식 대신 정님을 살피며 웃음 띤 얼굴을 드러냈다. 정님은 또 한 번 열등감과 절망감을 느꼈다. 정님의 눈에 중년 여기자는 그 만큼 예쁘고 똑똑하고 자신만만하게 보였다. 눈길을 아래로 내린 정님은 가을바람에 시든, 그렇지만 시든 꽃대 끝에 실하게 갈색 열매를 떠받친 은방울꽃을 보았다. 그녀는 시든 꽃대와 그 끝에 달린 열매를 번갈아 바라보았다.

"안녕하세요. 사모님이시군요. 정님이라고 해요."

"그래요, 얌전하게 생겼네요."

젊은 여학생의 수줍은 목소리와 중년 여기자의 우아한 목소리가 가을바람에 흔들리는 꽃대에 거의 동시에 엉겨 붙었다. 정님은 다소곳하게 두 손을 모았다. 그리고 지난 봄 저 꽃대에 은방울처럼 매달렸을 흰 꽃들을 생각했고, 어머니를 생각했다. 어머니는 딸을 보며 환하고 아름답게 웃고 있었다.

"저는 강정식이라고 합니다. 사모님께서 이렇게 훌륭한 기자님이신 줄 몰랐습니다."

강정식은 시든 꽃대와, 정님이가 상상 속에서 피어낸 은방울꽃과 상관없이 제가 나서서 씩씩하게 인사를 했다.

"반가워요. 우리 집 양반에게 큰 힘이 되겠어요."

이번엔 중년 여기자의 손이 곧바로 청년 운동가의 손을 향했다. 그녀는 청년의 손을 힘 있게 쥐어흔들었다.

"힘이라니요? 저희들이 선생님께 많은 것을 배우고 있습니다. 참 인간적이신 분 같아요."

"그게 좀 심해서 탈이죠."

여기자의 만족한 웃음은 청년 운동가의 눈을 더 빛나게 했다. 이제 그들은 벌써 저만치 산말랭이 가까이에 가 있는 민규를 눈으로 전송하고 있었다. 그렇지만 여학생은 그런 민규에게 계속 연민을 느꼈고, 그 만큼 그녀의 마음은 민규를 좇아가고 있었다.

"오늘은 이쯤해서 선생님을 놓아드리죠."

"좋아요. 오늘만 날인가. 박 기자님, 취재 내려온 김에 며칠 놀다갑시다. 급한 기사도 아니고 뭐?"

강정식의 제안을 흔쾌히 받아들인 여기자가 사진 기자의 눈치를 살피자 사진 기자는 무심하게 고개를 끄덕였다.

"내려가시죠. 선생님 생가부터 취재를 해야죠."

강정식은 제가 주인인 것처럼 일행들에게 손짓을 했다. 노련한 여기자는 그런 그를 향하여 슬쩍 웃음을 건넸다.

일행들이 산 밑을 향하여 몇 걸음 떼었는데도 여학생은 그 자리에서 머뭇거렸다.

"쟤는 선생님 일이라면 깜빡 죽는 애예요."

강정식의 말이 또렷하게 들려올 때까지 그렇게 머뭇거리던 정님은 민규를 향하여 바로 걸음을 떼었다. 그 사이 가을빛에 물든 정님의 시선과 중년 여기자의 우아한 시선이 한 차례 곧게 마주쳤다.

산말랭이에 오른 민규는 힘겹게 철탑을 내려놓고 털썩 주저앉아 이제 막

시들어가는 늦가을 찬바람에 진저리치는 구절초 꽃을 바라보고 있었다. 그러면서 그는 간간 저수지 쪽을 향하여 곁눈질을 했다.

햇살이여
바람을 멎게 하라.

네 영혼이
바늘 같은 실핏줄이 되어

찬바람을
맑은 속살을

찌르고
또 찔러

시든 꽃을
아직 하늘을 파랗게 물들이는
갈빛 꽃잎을
아프게 하라.

마지막 분홍빛으로
마지막 보랏빛으로

사랑하게 하라

방긋 웃게 하라.

푸른 하늘에

서릿발 세워

분홍빛 꽃잎을

보랏빛 꽃잎을

이 땅위에

사랑하는 사람들의 마음에

활짝 웃는 이들의 낯에

얼어붙게 하라.

시든 꽃을 보며 마음속으로 이런 노래를 하고 있는 민규의 모습이 여학생의 눈에 들어오자 그녀의 시선은 그대로 가을 햇살이 되었다. 이제 민규에 대한 연민은 그녀의 가슴을 미동케 했다. 그녀는 민규 앞으로 다가갔고, 그 앞에 앉아 두 팔을 벌렸고, 그의 가슴을 안았고, 그 다음 그 가슴에 제 얼굴을 묻었다.

"선생님 사랑해요."

민규의 가슴과는 상관없이 그녀의 가슴은 계속 두근거렸다. 그 때 막 저수지를 향하여 곁눈질을 하던 민규는 실성한 사람처럼 여학생의 얼굴을 제 가슴에서 떼어냈고, 팔을 풀어냈고, 자리에서 일어났다. 그는 저수지를 향하여 한 발 한 발 산을 내려갔다. 정님이 보기에 그가 내려가는 것이 아니라 그의 발걸음이 제 주인을 그렇게 이끌고 있었다. 그녀에게는 사랑한다고 선언한 자신을 돌아볼 겨를이 없었다. 멍하니 하늘을 바라보다가, 저수지를 바라보다가, 주저앉아서 칡넝쿨을 머리에 감다가, 거기에 시든 꽃을 감다가 하면서, 비틀거리면서 산을 내려가는 민규의 움직임에서 그녀는 한시도 눈을 뗄 수 없었다.

그렇게 저수지 둑 위로 내려온 민규는 이쪽에서 저쪽 끝으로, 저쪽에서 이쪽 끝으로 계속, 서너 시간 동안 둑길을 걸었다. 가끔 물가로 내려가 발을 들여놓곤 했지만, 그 때마다 정님이 그의 헐거운 몸을 둑 위로 끌어올렸다. 물 위에 비친 햇살을 그가 따라다니는 것이 아니라, 햇살이 그를 좇고 있는 모습이었다. 그는 가끔 햇살을 보며 씩 웃기도 했다. 그럴 때마다 정님은 그를 따라서 헤 웃고 싶기도 했지만, 그녀에게 그럴 틈이 허락되지 않았다. 그래서 그녀는 울 수도 없었다. 그래서 그녀는 다시 한 번 마음속으로, 마음속으로 소리쳤다. "선생님, 사랑해요"였다. 그녀의 그런 소리 없는 고백 때문인지, 해는 저수지 물위에 커다란 얼굴을, 비둘기를 따라 가버린 여자의 얼굴을 짙붉게 펼쳐놓으며 맞은편 산으로 넘어갔고, 민규를 둑 바닥에 털썩 주저앉게 했다.

어둠은 점점 저수지를, 산과 나무를, 그 속에 담긴 뭇 생명들을, 사방을 가라앉히며 두 사람의 윤곽을 어루만졌다. 그렇지만 찬 밤공기 또한 저 할 일을 했다. 헐거운 일옷 속에 숨은 마른 중년 남자의 체온을 매섭게 쓸어갔다. 그는 곧 몸을 움츠렸고, 떨었고, 정님은 그런 그를 보듬으며 어린아이 달래듯 했다.

10. 그가 다 부숴버렸네

　민규의 집에서는 그의 아내와 사촌과 사진기자와 두 대학생이 각자 제 볼일들을 보고 있었다. 평소 때 같으면 자기 집에 있어야 할 사촌은 집안 손님이 온 것에 대한 인사로 안방에 불을 때고 있었고, 뚱뚱한 대학생 박봉수는 여자가 가버린 후 여학생의 성화에 못 이겨 머릿방에 불 때는 일을 맡았으니, 지금 제 할 일을 하고 있는 셈이었다. 사진기자는 머릿방에서, 희미한 촛불 빛 속에서 뭔가 걱정스럽다는 태도로 벽에 머리를 기대고 누워 있고, 안방에서는 강정식이 민규의 아내 양복희에게 제 자랑을 하듯, 무용담을 하듯 민규 자랑을 늘어놓으며, 그 동안의 경과보고를 하고 있었다. 그녀는 보고 내용을 통해, 머릿속으로 이렇게 저렇게 기사문을 썼다 지웠다 하느라, 정작 남편 걱정 따위는 할 겨를이 없었다. 걱정은커녕 청년 혁명가의 절도 있는 보고를 받으면서 줄곧 흐뭇해하는 표정이 촛불 빛 속에서도 환하게 드러났다.

　"시장들 허실튼디, 저녁을 이쪽으로 날러 오라고 헐까요?"
　막 불 때기 볼일을 마친 사촌이 마루에 무릎을 대고 허리를 굽혀 한 손으로 문고리를 잡아 문을 반쯤 연 상태로 사촌 형수를 살폈다. 그러면서도 내심 그는 민규 걱정을 하고 있었다. 겉으로 드러내지는 않았지만, 그나마 이 집 주인 걱정을 하며 마음 졸이는 일은 그의 몫이었다.
　"아니예요. 괜히 동서 고생시킬 필요 없어요. 우리 뭐라도 시켜 먹지요?

요즘 시골도 다 배달되죠?"

"고생이랄 게 뭐 있어요. 맨날 허는 밥인디. 공연히 비용 쓸 것 있간디요."

사촌은 마누라가 서울 동서 대접한다고 이것저것 준비하던 장면을 떠올리며, 목구멍까지 치밀어 오르는 '공연히 찬밥만 맨들게요' 라는 말을 꿀꺽 삼켰다.

"아니예요. 원래 면소 근처로 나가서 먹고 들어오려 했는데, 이 청년 말이 재미있어서요."

"그런 야기가 뭐시 재미있는 것이라고? 촌이라 배달 허는 디는 중국집밖으 없는디, 느끼혀서……"

"뭐 어때요? 동서도 오라고 하죠."

"그 사람은 벌써 먹었겠죠. 그럼 여그는 전화도 없는디 지가 집이 가서 시키고 오죠. 짜장면, 짬뽕, 어떤 걸로 드실거요?"

"그러실 필요 없어요. 전화기 여기 있어요. 번호만 말씀해주세요."

"그것을 제가 외덜 못헌게, 일일사로다가 물어보시죠."

미한할 것도 없는 사촌이 크게 미한하기라도 하다는 듯 머리를 긁적이자, 양복희는 취재 가방을 열고 필통만한 무선 전화기를 꺼냈다. 안내소를 통해 번호를 알아낸 그녀는 중국집 번호를 누른 후, 이것저것, 이건 되냐, 저건 안 되냐 하는 식의, 농투산이가 들어보지도 못한, 시골 중국집에 있을 법하지도 않은 청요리 시험문제를 내느라 한 차례 부산을 떨었다. 그리고 조금 있다가 같은 곳으로 또 전화를 했다. 술 주문을 빼먹었다는 것이었다. 술 시험 문제는 덜 어려웠으나 부산떠는 것은 앞 경우보다 더했다.

"그럼, 말씀들 나누셔요."

주문이 끝나자 사촌은 방문을 닫고 마루턱에 걸터앉았다. 그 사이 머릿방 아궁이에 불 때는 일을 마친 봉수도 그 방으로 들어갔고, 안방에서는 새 얘기 거리로 강정식의 추곡수매 투쟁론이 올라왔다. 큰 눈으로 캄캄한 울타리 밖을 내다보던 사촌은 고개를 저었다. '나도 세상 돌아가는 것 얼마큼 아는디, 대체 맞지를 않는고만' 그는 그런 생각을 하며 생전의 큰아버지 모습을 떠올렸고 고개를 갸우뚱거렸다. 저렇게 공부를 많이 한 사람들이 어떻게 학교 문턱에도 가보지 않은 양반만도 못하다는 표시였다. 당장 집에 가서 두 다리를 뻗고 싶었지만 그래도 그 큰아버지를 웬만큼 닮은 사촌형을 생각하니 인정상 그렇게도 할 수 없다는 뜻이기도 했다. 그가 그렇게 기다리는데도 민규는 오지 않고 중국집 배달 오토바이만 요란한 소리를 내며 들어왔다.

사촌은 안방에 자장면, 짬뽕, 탕수육, 고량주 상을 차려놓고 마루로 나왔다.

"그 방 사람들도 어서 와서 식사들 혀요."

그는 토방으로 내려서면서 사진기자와 봉수를 불렀다.

"왜요? 가시게요?"

양복희가 의아하다는 듯 고개를 문 밖으로 내밀었다.

"예, 지는 가볼 디가 있어서요."

"같이들 술도 좀 하시고 그러세요. 서방님하고 할 얘기도 있어요. 이장님 이시잖아요."

"맞아요. 이장님이 계셔야죠."

강정식이 맞장구를 쳤다.

"지는 나가서 성님이나 찾아봐야 쓰겄네요. 그런 얘기는 찬찬히 혀도 갠찮겄어요."

"그 양반이야 원래 그래요. 때가 되면 들어올 테니까, 걱정하실 것 없어요."

"그려도 인정이……."

성큼 마당으로 내려서는 농투산이를 더 이상 아무도 붙잡지 못했다. 그가 울타리 밖으로 나가기 전에 방문이 닫히고 이야기판, 술판이 벌어졌다. 경력 여기자와 청년 농민운동가가 끌어가는 이야기판은 활기를 띠었지만, 나머지 두 사람에 의한 술판은 무덤덤했다. 두 사람은 서로를 잘 쳐다보지도 않고 고량주를 마셨고, 탕수육을 먹었고, 짬뽕 그릇과 자장면 그릇을 빠른 속도로 비웠다. 그러한 두 사람의 먹고 마시는 솜씨는 우아하게 술잔을 드는 여기자와 절도 있게 잔을 들어 올리는 강정식에 의해 이 나라 농정의 모순들과 그 개혁방안들이 혁혁하게 드러나는 순간들을 힘들이지도 않고 외면할 만한 내공을 갖춘 것이었다.

밖으로 나온 사촌은, 막상 밖으로 나오니 더 막막하다는 생각을 했다. 아까 낮에 민규가 산으로 올라가던 모습을 떠올려보았지만, 별다른 생각이 떠오를 리 없는 그였다. 어린 시절 한동네 지척에서 컸지만 그는 소를 뜯기고 있었고 민규는 책을 보고 있었다. 그에게는 민규를 남겨두고 그냥 내려온 사람들, 특히 남편을 그렇게 내버려둔 형수가 야속하게 생각될 따름이었다. 그가 그런 생각을 하다 보니 내려온 사람들 중 여학생이 끼지 않았다는 점이 그의 뇌리를 스치기도 했다. '그 학생이 어디 다치기라도 했나?' 그는 그런 생각이 들자 초조해졌다. '그런 거라면 놔두고 얼른 내려와서 사람들을 불렀을 것이고, 그렇다면 성님이 다쳤고, 여학생 혼자 어떻게 허지를 못헌개…….' 더 초조해진 그의 숨결은 그의 발걸음을 한층 빠르게 했다. 그렇다고 그가 두 사람을 찾을 곳과 방법을 정한 것도 아니었다. 그는 그저 낮에 사람들이 오르내리던 곳으로 칡넝쿨과 관목 가지들에 몸 여기저기를 긁히며 어둠속으로 빨려들듯 올라갔다.

그가 산말랭이까지 올라갔지만, 민규의 자리에는 찬바람만 세차게 불어댔다. 그 자리가 민규의 것인지 알든 모르든, 그의 마음속에 시커먼 찬바람을 따라 들이닥친 것은 두려움이었다.

"성님! 성님!"

민규를 찾는 그의 목소리는 찬바람에 세차게 부딪치며 사방으로 퍼져나갔다. 그리고 그는 큰 눈을, 어둠에 익숙해진 큰 눈을 더 크게 뜨고 사방을 살폈지만 그의 눈에 들어온 것은 어둠뿐이었다. 그는 계속 '성님' 소리를 외쳐보았지만 어둠과 찬 솔바람 소리가 이내 먹어치우곤 했다.

그의 큰 눈에 수많은 별들이 들어온 것은 그로부터 한참 후의 일이었다. 그는 하늘에 뜬 많은 별들 중 북두칠성을, 어린 시절 민규한테서 이런 저런 이야기를 듣던 '소매바가지 별'의 윤곽을 찾아내고서야 숨을 가다듬었다. 그러자 산 아래 저수지의 윤곽이 그의 눈에 부옇게 들어왔다. 그는 숨을 한 번 더 들이쉬고 나서 저수지를 향하여 걸음을 내디뎠다. 그렇다고 그가 저수지 어딘가에 민규가 있을 거라고 짐작한 건 아니었다. 그는 그저 아무 뜻 없이, 자신의 숨결을 따라 그렇게 했을 뿐이었다. 그리고 그는 그 덕분에 두려움에서 조금 벗어날 수 있었다. 그는 내려가면서 계속 저수지 쪽을 살폈다. 걸음을 옮기는 시간보다는 저수지 주위를 둘러보는 시간이 더 걸렸다. 그에게 아직 남아있는 어둠에 대한 두려움은 그 때마다 '성님' 소리를 외치게 했고, 그가 아래로 내려올수록 그 울림은 수면 위에 역력했다.

결국 그 울림은 민규의 의식을 현실로 돌아오게 했다. 여학생의 품에 안겨있는 자신의 몸과, 훌쩍이는 여학생의 모습을 찾아낸 그는 피식 웃었다. 어둠은 사촌의 목소리와 그의 웃음을 버무려 그의 눈에 별빛이 고이게 했다. 그는 여학생의 품에 안겨 한 동안 별을 보다가 저수지 둑으로 내려오는 검은 물체를 보고서야 그녀의 품에서 벗어났다.

"그만 가자!"

"싫어요."

정님은 말은 그렇게 했지만, 툭 털고 일어서는 민규의 모습을 올려다보며 따라 일어섰다. 저수지 둑 위로 점점 강하게 달려드는 함성을, 현실을 그녀 역시 견뎌내지 못한 것이었다.

"거그 혹 성님 아니슈?"

사촌이 둑 바로 위까지 내려온 것을 안 민규는 뒤도 돌아보지 않고 바로 저수지 저쪽 끝을 향하여 걸음을 떼었다. 그는 그 순간의 따뜻하고 자상한 사촌의 음성을 흐트러뜨리고 싶지 않았다. 앞뒤를 보며 머무적거리던 정님은 그러한 민규의 움직임에 물속으로 별빛이 잠기듯 빨려들었다. 절도가 붙은 민규의 빠른 걸음걸이는 저쪽 산 샛길로 들어섰고, 익숙한 놀림으로 어둠과 풀숲을 헤쳐 나와 찻길로 뻗은 논두렁으로 내려갔다. 그는 정님이가 산길을 내려오다가 넘어지든, 가시덩굴에 팔다리를 긁히든 상관하지 않았다.

결국 정님을 인도하는 것은 사촌의 일이 되었다.

"학생이구먼. 갠찮여?"

그는 비탈진 곳에 쓰러져있는 여학생의 팔을 잡아 일으키며 여기저기를 살폈다. 그리고 벌써 저만치 찻길로 들어선 민규를 바라보았다. 그는 여학생과 민규, 양쪽을 번갈아 바라보며 고개를 갸우뚱했다. 큰아버지를 닮았다고 생각한 사촌형의 저런 모습을, 그것도 어둠속에 휩싸인 그러한 모습을 처음 목격한 그로서는 인정상 그럴 수가 없다는 뜻을 나타내는 자연스러운 몸짓이었다.

"캄캄헌디 뭔 일요?"

그는 큰 눈으로 퉁 부운 정님의 눈언저리를 바라보았다.

"다치기꺼정 혔고만!"

그는 정님의 부운 눈두덩을 보기가 민망했던지, 나뭇가지에 긁힌 그녀의 팔로 시선을 돌렸다.

"다 큰 큰애기를 업고 가기도 그렇고, 엔간하면 내 팔뚝이라도 붙들고 따라오시던가."

"괜찮아요. 걸을만해요. 이장님 의리 있으시다!"

그녀는 이 성실한 농투산이 아저씨에게 애써 웃어 보이려 했지만 잘 되지 않았다. 그녀의 눈길은 어느새, 찻길로 들어선 민규의 절도 있는, 그녀에게는 야속함을 넘어서 당혹스럽기까지 한 걸음걸이에 가 있었다.

"선생님은 잘도 가시네요."

"아무려도 익숙헌 길인게 그렇겠지."

띄엄띄엄 힘없이 떨어지는 정님의 말마디가 농투산이의 투박한 어투에 속절없이 묻혀들었다. 사촌은 그 순간 초상집에 다닌다는 여자와, 이 여학생과, 선생을 그만두고 시골구석으로 내려온 사촌형의 모습을 겹쳐서 생각했고, 그러다가 허리를 탁 펴고 옷깃을 반듯하게 여몄다. 그리고 그는 이내 '그 양반 원래 그래요. 걱정하실 것 없어요'라는 형수의 말을 기억해냈고, 그 말을 끌어낸 것을 참으로 다행스럽게 생각했다.

"내가 앞설 티니께, 까막까막 따라와보드라고. 내가 디딘 곳만 디디먼 안 자빠질 것이고만."

정님은 다리에서 힘을 풀은 채로 건성으로 이장을 따라 몇 발자국을 떼어갔다. 그러다가 이장의 팔꿈치를 잡고 몇 번 입을 달싹거렸다.

"선생님 어렸을 적 어땠어요?"

민규의 사촌은 머무적거리는 여학생의 얼굴을 외면하면서 무뚝뚝하게 답을 내놓았다.

"어쩌긴? 공부 잘 혔지."

"공부 얘기 말고요."

"아, 이런 촌이서야 공부 잘 헌 것이 젤이지. 물론이사 인정도 있었고 착실허기도 혔지."

그는 지금 자신이 이 여학생에게 무슨 말을 해야 한다는 것쯤은 다 알고 있다는 말투를 구사했다.

"사모님은 어떤 분이세요. 이렇게 촌 출신 남자와 결혼한 것을 보면 보통 분이 아닌 것 같아요."

"그거사 그렸지. 다들 민규 성님 장가 잘 갔다고 칭찬들이 대단혔지."

그는 큰아버지의 꼭 다문 입이 떠오르자, 애써 그 모습을 외면했다. 며느릿감을 처음 대한 큰어머니는 그냥 고개를 숙였을 뿐이었다. 그가 그런 모습을 떠올리면 떠올린 만큼 민규를 두고 오간 두 사람의 대화는 공허해졌다. 농투산이는 여학생이 그것을 모른다고 생각했지만, 여학생은 그 공허함을 절감하고 있었다.

"이장님."

"왜 그러쇼?"

"저 오늘 선생님 댁으로 안 갈 거예요."

"추곡수매건 뭐신가, 그 얘기는 어쩌고? 아까 본개 강 씨가 한창 열 내드만. 솜리서 한 바탕 일을 낼 것 같드만."

"가야 뭐해요. 전 구박만 받을 텐데요?"

"허기사 강 씨 그 사람 말이 좀 강퍅허기는 혀."

"그게 아니고요. 선생님이 맨날 저보고 그냥 집에 돌아가라고만 해요."

"그려? 성님이 다들 오라고 했잖여?"

"그러니까 말이예요?"

"뭐신가 쪼간이 있겠지."

무심코 던진다는 말투였지만, 이장의 말은 두 사람의 대화를 끊는 데 그럴싸한 역할을 했다. 두 사람은 각자 마음속으로 수많은 말을 하면서 산길을 내려왔고, 논두렁을 거쳐 찻길에 올라섰다.

민규의 모습은 사라진지 오래고, 몇 대의 차가 빠른 속도로 꼬리를 물고 그들을 앞서자, 정님의 마음은 더 공허해졌다. 그녀는 느닷없이 어머니가 보고 싶었다.

"아저씨, 버스가 몇 시에 있어요."

"막버스 간 지 솔찬히 지났겄고만."

"그래요?"

정님은 자신의 지금 모습을 살펴보기도 하고, 상상해보기도 했다. 그녀는 그런 모습을 어머니한테 보여주기가 싫다는 생각이 들었다.

"아닌 게 아니라, 거그서 자기가 좀 그렇겄고만. 방이라고 두 개 뿐인디……."

"그러니까 말이예요."

두 사람은 안방에 들어있는 민규와 그의 아내의 모습을 동시에 떠올리고 있었다.

"그냥 우리 집에서 자지 그려. 애들 방으서 자먼 되지, 가들은 안방으로 와서 자라고 허먼 되지."

"자녀분은 몇이나 두셨어요?"

"둘! 다 아들여."

"다복하시네요."

정님은 자식이라고 달랑 딸 하나를 둔 제 어머니를 생각하며 부럽다는 표시를 냈다.

"다복허기는, 힘들어 죽겄어. 갈치는 것이 너머 심들어."

"이장님도 교육열이 대단하신가봐요? 나중에 선생님 사모님 같은 며느님 보시려고요?"

정님은 저도 모르게 민규의 아내와 며느리 소리를 연결한 자신이 우스웠다.

"글씨? 그것이 꼭 그것은 아닌디 말여?"

그는 다시 큰아버지의 꼭 다문 입을 떠올렸다.

"그래도요? 어쨌든 이장님, 고마운 아저씨! 이장님 사모님한테 이런 모습 보이기가 좀 창피하기도 하고, 미안하고."

"미안허긴? 그런 것 따지는 사람은 아닌게 걱정헐 것 없어. 밥도 안 먹었겄고만, 일 허느라고 배도 고팠을 틴디."

여학생의 마음을 따뜻하게 쓰다듬는 이장의 말솜씨였다.

민규가 집에 돌아왔을 때는, 술판은 거의 끝났고 그 대신 이야기판이 무르익고 있었다. 강정식의 씩씩한 어조와 양복희의 칼칼한 웃음소리가 울

밖까지 넘어갔다. 민규는 그 소리를 젖히며, 어둠을 헤치고 산길을 내려오던 그 대로의 절도 있는 발걸음으로 마당에 들어섰고, 군인처럼 토방 위에 올랐고, 마루턱에 돌아앉아 고무장화를 벗어서 토방 위에 단정하게 놓고, 마루에 올라 문고리를 잡고, 홱 문을 열었다. 민규의 뜨거운 숨결을 담은 찬 밤공기가 방안으로 밀려들어 촛불 빛과 네 사람의 시선과 퀘한 중국음식 냄새와, 고량주 냄새를 제압하며, 방안에 일순 정적을 채웠다. 실컷 어둠에 익숙해져 있던 민규의 두 눈은 그 정적에 놀란 내용물들을 한꺼번에 읽어냈다. 그는 밥상 앞으로 절도 있게 한 걸음을 내디뎠고, 허리를 굽혔고, 두 손으로 상 모서리를 잡아, 밥상을 휙 엎었다. 상 엎어지는 소리와 밥그릇 술병 나뒹구는 소리가 한꺼번에 들렸을 뿐, 더 이상 아무 소리도 나지 않았다.

민규는 마루로 상을 끌고 나와, 그것을 번쩍 들어 마당에 내던졌다. 그리고 방으로 들어가 밥그릇들과 술병들을 하나하나 마당으로 던졌다. 민규의 격한 숨결과 찬바람을 견디지 못한 방안의 촛불은 이내 꺼졌고, 네 사람은 숨도 크게 쉬지 못했다.

민규는 장화 옆에 있는 고무신을 신고 토방으로 내려와, 마루 밑에 있는 도끼를 꺼내들었다. 도끼를 높이 쳐든 그는 마당에 나자빠져있는 밥상을 내려치고 또 쳤다. 여기저기 널려있는 밥그릇과 술병들을 도끼 등으로 낱낱이 짓이기고 또 이겼다. 그 일을 끝내고 나서, 그는 도끼를 든 채, 고무신을 벗고, 마루로 올라가, 등잔불이 켜져 있는 머릿방으로 들어가, 사진기자의 사진기를 들고 나오면서 촛불을 껐고, 마루로 나와 마루턱에서 선 채로 다시 토방 위의 고무신을 신고, 그것을 마당으로 내던졌다. 땅바닥에 어깨 끈을 늘어뜨리고 있는 사진기를 향하여 절도 있게 걸어간 그는 도끼를 치켜들어 그것을 몇 동강이 날 때까지 몇 번 내려쳤다. 그는 토방으로 올라와 도끼를 마루 밑 제 자리에 툭 밀어 넣고, 신을 벗고, 마루에 올라가, 안방 문 앞에 우뚝 서자마자 사람들을 향해 팔을 내저어 나오라는 신호를 보냈다.

  네 사람은 곧, 양복희, 강정식, 사진기자, 박봉수 순으로 밖으로 나왔고, 방안으로 들어선 민규는 방문을 절도 있게 닫았다. 그는 호흡을 가다듬으며 문 쪽을 향하여, 그를 두고 떠나버린 여인처럼, 가부좌를 틀고 단정히 앉아 두 손을 모았다. 그는 자신이 한 번도 기도를 해본 적이 없었다는 사실을 생각할 틈도 없었다. 그는 아무 생각도 없이, 어떤 지향점도 없이, 어둠 속에서 그냥 그렇게 오랫동안 그런 자세를 지켜갔다.

11. 별은 빛나고, 용서

네 사람은 거의 혼이 빠진 상태로 집 앞에서 얼쩡거리다가 취재 차를 세워놓은 찻길 입구까지 나왔다. 먼저 입을 연 사람은 양복희였다.

"박기자님은 학생들하고 같이 나가서 주무시죠. 술 때문에 운전은 힘드실 거고, 택시를 불러 줄게요. 난 이장님댁에 가봐야겠어요."

"걸어가다 보면 뭐가 걸리겠죠."

사진 기자는 방금 전 사건이 자신과는 별로 상관없는 일이라는 투로 말을 했다.

"그러세요. 어차피 택시조합 전화번호를 알려면 들어가야 하니까, 내가 바로 연락해놓을 테니까, 가다가 만나서 타고 나가요. 숙소 안내는 학생이 수고 좀 해줘요."

그녀는 강정식의 어깨를 가볍게 두드리는 여유를 보이는 척했지만, 얼굴에는 아직도 어두운 기운이 그대로 남아있었다.

"수고랄 게 뭐 있어요? 그럼 내일 아침 뵙겠습니다."

"그래요."

양복희는 무심코 대답은 했지만, 내일 아침 일을 기약하기가 그렇다는 생각이 들었다. 그렇지만, 그녀는 더 이상 말을 하지 않고 그들을 그대로 보냈다.

바로 찻길 건너편에서 조금만 더 들어가면 남편의 작은 집이었다. 양복희는 어깨를 축 늘어트린 채 집안으로 들어가 인기척을 냈다. 마루에 전등불이 환하게 켜지면서, 사촌이 밖으로 나왔다.
"성수님이 어쩐 일이세요? 그렇찮여도 시방 막 가볼려고 혔는디. 성님은 잘 들어가셨죠?"
양복희는 한동안 말을 하지 못하고 머뭇거리다가 마루 위로 올라갔다.
"동서는 집에 있죠?"
"그럼요. 지금 막 밥상 치우느라 부엌에 들어갔고만요. 여학생이 인자 와서 밥을 먹는 바람에 고만."
"여학생요?"
그녀의 얼굴에 조금 긴장감이 돌았다.
"성님은 잘 들어가셨죠?"
사촌은 형수의 감정 따윈 아랑곳없다는 듯 다시 형의 안부를 물었다.
"네."
그녀는 건성으로 대답을 하면서, 아까 낮에 산에서 돌아내려올 때 마주친 여학생의 눈빛을 기억해냈고, 그렇지만, 그것을 기억해낸 만큼, 그 때와는 달리 하필 지금에 와서야 새삼스러운 눈빛으로 기억해냈던 만큼, 태연해야 했고, 그래서 "혹 아까 그 산에 따라갔다가 애들 아버지 따라간 그 학생 말씀이죠" 라는 하지 않아도 될, 뻔한 사실을 확인해야 했다. 그 덕분에 사촌의 "예, 맞어요" 라는, 지극히 정상적인 대답이 그녀의 귀에 심상치 않게 들렸다. 물론 사촌도 무심코 대답은 했지만, 여학생의 부운 눈두덩을 비롯해서, 민규의 돌연한 걸음걸이 등 많은 장면들이 그의 뇌리를 스쳤다. 그는 애꿎게 마나님을 불러댔다.
"어이 뭐혀? 성수님 오셨고만."

"조금 있으면 끝난게, 어서들 들어가요."

부엌에서 손아래 동서의 볼멘소리와 함께 그릇 부시는 소리가 한 차례 요란을 떨었다.

"참말로……, 원채 저러니께 성수님이 이해허시고, 먼저 방으로 들어가시죠."

어쨌든 그 바람에 서울에서 내려온 동서는 조금 가벼워진 발걸음으로 문지방을 넘었다. 그러나 방안에 들어서자 그녀의 몸은 곧 다시 굳어야 했다. 그 덕분에 그녀는 아까 산에서와는 달리 자신을 외면하는 여학생을 뚜렷이 살펴볼 수 있었다. 한동안 이어진 그 관찰의 시간이 그녀에게는 더없이 무거운 시간이었다. 갑자기 그녀는 자신이 기자로서 아무런 직관력도 갖추지 못한, 똑똑하지도 못한, 그런 맹한 여자라는 생각을 했다. 그녀는 아까 산중턱에서 '정님이라고 해요'라고 제 이름을 대던 여학생의 수줍어하는 듯한 목소리를, 그 속에 수많은 말들이 담겨있을 거라는 생각을 하며, 그 의미를 찾느라 한차례 곤욕을 치렀다.

"저리 앉으셔요."

집 주인이 아랫목을 가리키며 손님에게 자리를 권했다.

"그래요. 정님 씨가 여기 있었네."

그녀는 주인이 정해준 꼭 그 자리에 앉으면서, 여학생에 헛 인사를 건넸다. 그녀에게 닥친 이 무거운 시간은 방금 전, 처음 본 남편의 행동과 그 의미를 생각할 엄두조차 내지 못하게 했다. 앉은 채로 꾸벅 고개를 숙여 그 인사를 따먹는 여학생을 향해 그녀는 계속 쓸데없는 질문을 던져야 했다.

"농활은 재미있어요?"

여학생은 또 고개를 끄덕일 뿐이었다.

"학생 때가 그래서 좋은 거예요."

이번에는 고개도 끄덕이지 않았다.

"그 강정식이라는 학생 똑똑하던데?"

정님은 고개를 두 번 끄덕였고, 방안엔 한 동안 침묵이 돌았다. 그 동안 남편에 대해 속속들이 다 안다고 생각했던 자신이 우습다는 생각이 든 양복희는 씁쓸한 표정을 지으며 고개를 숙였다. 그러한 침묵을 이겨내는 데 익숙하지 않은, 그래서 아직 앉지도 못한 농투산이 방주인이 마나님을 부를 태세를 갖추었다. 그렇지만, 다행스럽게도 그 사이 마나님이 들어왔고, 그 덕분에 그의 헛 말품 파는 일은 생략되었다.

"성님 오셨는가보네요?"

천정에 바싹 달라붙은 일자 형광등불빛은 시골 동서의 서울내기 손윗동서 맞는 품이 웃는 모습인지, 성난 모습인지를 분간해내지 못했다.

"동서, 오래만이네. 그 동안 잘 지냈지."

"우리 같은 사람이 잘 지내고 말고 할 것이나 있간디요? 근디 당신은 왜 그렇게 멀뚱히 서있어요? 싸게 앉어요."

시골 동서는 손윗동서의 헛 인사가 그렇고 그렇다는 뜻으로 괜히 남편 서있는 트집을 잡았다. 남편은 그런 아내 옆에 조심스럽게 앉았다.

"같이 와서 식사라도 좀 하지 그랬어?"

"시방 천지가 찬밥인디, 어디 가서 뭣을 먹는다요?"

기다렸다는 듯이 터져 나온 시골 동서의 볼멘소리와 상관없이, 양복희 스스로도 헛 인사라고 생각하고 한 것이었지만, 그게 하지 말아야 할 소려였다는 생각이 그녀의 마음을 무겁게 했다. 남편이 상을 뒤엎는 장면을 떠올리는 순간 그녀는 식은땀을 흘렸다.

"미안해."

"미안허기는요? 손님 대접을 허다본개 그랬겄지요. 당신은 뭐 허러 쓰잘디 없이 찬밥 타령여?"

모처럼 헛 인사를 건너뛴 형수를 늙은 시동생이 마나님 트집을 잡아 위로했다. 그 덕분에 양복희는 택시 부르는 일을 생각해낼 수 있었다.

"아 참, 택시 조합 전화번호 좀 알려주세요."

남편의 집에서와는 비교도 안 될 정도로 조심스럽게 가방에서 무선 전화기를 꺼내든 그녀였다. 번호를 누르는 태도도, 말하는 태도도 중국집의 경우와는 비교도 안 되게 정중했다.

"왜 거그서들 안 주무신대요?"

사촌이 퉁명스러운 어조로 물어서인지, 정작 대답은 아랫동서가 했다.

"그럼 도시 사람덜이 그 고래 구녁 같은 디서 뭣허러 자겄어요. 인자사 말이지만, 아주범께서도 참 승질 한 번 이상허당게요. 요새 세상으, 그렇게 전화는 그만두고 즌기도 안 넣고 사는 사람이 어디 있대요? 돈이 없어서 그럼 말이나 않겄어요."

"왜 또 그렸샀는디야?"

"그렸샀기는 뭣이 그렸사요? 말이야 바른 말이지, 뭣허러 맨날 바쁜 동상 즌화 심바람 허게 만든대요? 저렇게 손으로 들고 댕기는 것 턱 하나 챙겨서 보내면 될 것이고만."

아랫동서는 윗동서를 정면으로 보는 대신 슬그머니 말꼬리를 내리면서 천정 보는 시늉을 냈다. 아랫동서에게 계속 당하느라 잔뜩 움츠려든 양복희를 구해준 건 이번엔 정님이었다.

"정식이 형도 같이 갔어요?"

"그래요…….."

정님이 '선생님도' 소리를 '정식이 형도'로 바꾼 것도, 그리고 양복희가 '선생님은 그냥 집에 계세요' 소리를 생략한 것도 순식간의 일이었다. 그 사실을 대신 확인해 준 것은 "성님은 안 나가셨겄죠"라고 말한 사촌이었다.

"그 양반이 생전가야 여관 잠 자실 양반이간디요? 돈 많으니께 한량 짓혀도 갠찮을 턴디, 으찌 그릏게 쬔쬔허시기만 헌가. 근디 집이다가 미친년은 그냥 놔두고 꼴 보는 거 보면, 밥 시켜먹을 사람 필요허다면 여그저그 갖다 댈 사람도 있는디, 참 우덜 같은 사람은 그 속을 모르겄대요."

"에헤? 당신도 참 씨잘 디 없는 소리 허고는, 대처 그 샥시 나간 지가 언젠 디 그려?"

"왜 다자꼬 나 헌티 성화요? 내가 없는 말 혔간디요?"

주인 내외가 그런 말들을 보태는 동안, 아직도 부기가 가라앉지 않은 정님의 눈에는 긴장감이 돌았다. 민규가 집에, 그녀 자신이 절 속 같다고 생각한 그 집에 혼자 있는 장면을 순식간에 떠올린 정님이었다. 긴장을 한 건 양복희도 마찬가지였는데, 정님의 경우와는 달리, 느닷없는 '미친년, 샥시' 다툼이 불거져 나온 것이 그녀의 관심사였다. 이야기의 전말이야 어떻든 그런 소리를 듣게 된 그녀로서는 자신이 남편에 대해 모르는 게 너무 많다는 생각을 또 한 번 하게 된 것이었다.

두 방문객의 감정과는 상관없이 이 집 주인은 아내가 이 정도로 몰아붙이면 그저 죽은 듯 가만히 있어야 된다는 것쯤은 잘 알고 있는 터라, 방안엔 다시 침묵이 돌았다. 물론 그 침묵 속에서는 이 집 안주인의 심사 사나운 눈초리와, 나머지 두 여인의 긴장한 눈빛들이 서로 엉키고 있었다. 정님이 일어나고, 방문을 열고, 밖으로 나오는 동안에도 그 엉킴은 그대로 이어졌다. 방안에 있는 사람들은 정남이 왜 나갔는가에 대해 생각할 겨를이 없었다.

　찻길까지 한 걸음에 달려 나온 정남은, 길을 건너고서야, 어둠 속에 묻힌 민규의 집을 눈에 넣고 나서야, 제자리에 섰다. 그리고 그 집을, 민규가 혼자 있다는 집을 향하여 띄엄띄엄 몇 걸음 걸었고, 또 그렇게 섰다. 그리고 몇 걸음 걸었고, 이번엔 조용히 걸음을 멈췄다. 그리고 민규의 집을, 그 위 하늘을 올려다보았다. 저수지에서 민규를 가슴에 안고 울먹이면서 그녀가 보았던 별빛이 더 밝아져 있었다. 그녀는 별을 보다 또 몇 걸음을 떼었다. 그리고 또 멈췄다. 또 별을 보았다. 도시에서 자라난 그녀는 그런 별을 볼 기회가 별로 없었지만, 아버지가 어머니에게 사정없이 주먹질하던 날 밤, 옥상 위로 달아났던 아이는 울었고, 눈물 속에 고여 든 희미한 별빛은 아이의 마음에 꿈을 심어놓았다. '저 많은 별들 중, 가장 외로운 별을, 내 별로 만들 거야.'

　다시 몇 걸음을 뗀 그녀의 발은 낮에 벼를 베던 민규네 논길에 닿았다. 들쥐들이 볏단 사이를 부산하게 오가며 찍 찍 소리를 내는 소리를 듣고, 그녀는 또 멈췄다. 나락 향기들이 그녀의 코끝을 찡하게 하다가, 가슴을 뭉클하게 하다가, 그리고 이내 텅 비게 만들었다. 그녀는 누런 벼이삭 낱알들에 부딪치는 별빛을 바라보았다. 그녀는 낱알과 별빛들이 하는 이야기를 다 들었고, 하나도 듣지 못했다. 여자가 몸져 누워있던 방에서, 산에서 민규에게 사랑한다고 하던 자신의 모습을 차례차례 떠올렸다. 그녀는 행복했고, 가슴 설렜다. 그녀는 제자리에서 별빛에 자신의 혼을 실어 보내는 듯, 몇 바퀴 돌았다. 그녀가 도는 게 아니라, 별빛이 그녀를 돌리고 있었다. 곧 정신을 차린 그녀는 조금 눈물을 글썽였고, 곧 그 눈물을 지운 건 별빛이었다. 그녀는 아까 저수지 밑 논두렁에서, 큰 길에서 민규가 걷던 절도 있는 걸음을 걸어봤다. 그리고 이번엔 멀쩡한 정신으로 그 자리에서 몇 바퀴 돌아보았고, 별을 보고 웃었다. 이번엔 논바닥에서 흙 향기가 물씬 풍겨 그녀의 눈빛과 별빛을 진하게 했다. 그녀는 흙 향기를 한 번 들이마셨고, 다시 점점 가슴 속 깊이 들이마셨다. 그러면서 몇 걸음씩 떼어 민규네 집 쪽으로, 제가 사랑하는 사람 쪽으로 갔다.

무디던 그녀의 발걸음은 울타리 밖에 이르러 더 무뎌졌다. 마른 울타리 나무들은 하늘의 별을 향하여 점점 키가 커졌다. 그녀는 한동안 쉼 없이 하늘의 별을 바라보다가, 울타리를 아래에서 위로 올려다보다가 하기를 거듭했다. 그러다가 뒤로 몇 걸음 물러섰다가, 앞으로 갔다가 하기를 거듭했다. 그러다가 겨우 마당 안으로 들어선 그녀는 잠시 동안 공연한 절망감에, 아무 이유도 없는 절망감에 시달렸다. 방안에 불은 꺼져 있었고, 그 만큼 집안 전체가 별빛에 익숙해져 있다고 해서 그녀가 절망할 이유는 없었다. 그렇지만 그녀는 절망해야 했고, 다리를 부르르 떨었다. 그녀는 조심스럽게 뜰 바닥을 짚으며, 뜰에 흩어져 있는 밥상 부스러기들을 비켜 억지로 땅바닥을 짚으며, 뜰 안을 거닐었다. 그녀의 모습은 점점 낡은 초가지붕으로 변해갔다. 별빛은 그런 그녀를 친숙하게 쓰다듬었다. 그녀는 결국 마루에 올랐다. 단정하게 무릎을 꿇고 앉아, 민규가 방안에서 그랬던 것처럼, 두 손을 모았다. 그녀는 어린 시절 제 집 옥상에서 빌었던 소망을, 그런 것과 같은 종류의 아무런 소망도 말할 수 없었다. 수많은 절망감들을 별빛에 실어 보내던 그녀는 시간이 갈수록 절망과 친숙해졌고, 그것에 이것저것 제 이야기를 해주게 되었다.

정님이 그렇게 나간 후 조금 있다가 밖으로 나온 민규의 아내는 남편의 집 쪽으로 가는 정님을 먼발치에서 바라보다가, 면소재지로 뻗은 찻길로 들어섰다. 남편의 그런 모습을 낱낱이 본 그녀로서는 남편의 집으로, 그것도 정님의 뒤를 따라서 걸음을 뗄 용기를 낼 수 없었다. 그렇지만 지금 자신이 가야할 곳이 뚜렷이 정해진 것도 아니었다. 그녀는 차를 몰고 당당하게 오가던 이 자갈길을, 막연하게 걸어야 했다. 스스로에게 '내가 남편을 사랑하는가' 라는 질문을 몇 번 던져보기도 했지만, 그 때마다 '남편에 대해 아는 게 없어' 라는 문턱에 걸렸고, 스스로 그 문턱을 넘을 수도 없었다. 학창시절부터 보았던 남편의 모습을 죽 정리해보았지만, 역시 그 때마다 남편보다는 자신의 모습이 먼저 떠오르는 그녀였다. 그녀는 곧 '내가 누구를 사랑해보았는가' 라는 질문을 던져보았지만, 친정아버지의 품위 있는 모습, 야심찬 친정어머니의 모습, 늘 바쁘던 오빠들, 팽팽하게 긴장관계를 유지하던 친구들과 동료들의 모습을 차례로 떠올려보았지만, 사랑했던 사람은 하나도 없다는 생각이 들었다. 어린 시절 유행하던 '사랑은 눈물의 씨앗', '하숙생' 등 몇몇 유행가 가사들을 기억해내어, 이리 저리 더듬어보았지만, 아직도 실감이 나지 않았고, 그런 생각을 하는 자신이 우습기도 하다는 듯, 힘없이 웃었다. '나에게도 순정은 있는가' 라는 옛 유행가 가사 같은 질문을 던진 그녀는 이번엔 조금 수줍게 웃으며, 그렇다는 뜻을 스스로에게 고하듯 고개를 끄덕였다.

　마을을 벗어나는 산모퉁이 길을 그렇게 오가던 그녀는 남편의 사촌 집으로 돌아왔으나 다시 들어갈 수도 없었다. 양철 대문 앞에서 몇 번 망설이던 그녀는 발걸음을 돌려 찻길로 나왔고, 찻길을 건넌 그녀는 결국 남편의 집 쪽으로 걸음을 떼었다. 별빛이, 들쥐 소리가, 논흙 향기가 그녀라고 해서 비켜 갈 리가 없었지만, 한 걸음씩 뗄 때마다 그녀는 밥상을, 그릇을 내던지고, 도끼를 들어 올리고, 내려치던 남편의 몸짓에서 벗어날 수 없었고, 그 중압감을 견고하게 확인해야 했다. 그럴 때마다 울고 싶기도 했지만 감히 울 수도 없을 정도였다. 젊은 여학생의 수줍어하는 모습에서 질투를 확인하던 그녀의 모습은 벌써 과거의 일이 되었다. 밤하늘 아래에서, 스스로 느끼지도 못한 별빛 아래에서, 회색 가을 코트 깃을 올리고, 그 호주머니에 두 손을 끼워 넣은 채 고개를 떨구고 몇 걸음 앞으로 갔다가 몇 걸음 뒤로 물서는 중년 여기자의 모습은 벌써 시골 극장에 붙은, 젊은 시절 상렬이가 그리고 또 그리던 영화 포스터의 여주인공 그대로였다.

 그런 자신을 아는 듯 모르는 듯 울안으로 들어선 그녀는 움쩔 놀랐다. 안방 문 앞 마루를 차지하고 앉아 무릎을 꿇고 두 손을 모으고 있는 정님을 보고나서였다. 그녀는 하늘을 올려다보았고, 그 때서야 별이 떴다는 사실을 알아차렸다. 다시 정님을 내려다 본 그녀는 정님이가 참 예쁘다는 생각을 했고 자신이 조금 미워지기도 했다. 그녀는 그런 정님을 보며 계속 뜰을, 남편의 뜰을 거닐었다. 가끔씩 밥그릇 부스러기들을 가죽 운동화 신발로 굳게 밟기도 했다. 하늘에서 내려오는 공평한 별빛이 그런 그녀라고 비켜갈 리 없었다. 그녀는 그렇게 별의 은혜를 받다가 조용하게 마루 위로 올라섰고, 정님이를 한 번 살펴보고, 조용히 머릿방 문을 열고 방안으로 들어가, 잠시 머뭇거리다가 앉았고, 조금 있다가 사진기자가 했던 자세로 코트를 걸친 채, 벽에 머리를 대고, 두 다리를 뻗었다. 방바닥에는 봉수가 불을 땐 덕분에 아직도 온기가 남아있었다. 그녀는 그대로 잠들고 싶었다. 하지만, 자신의 내면에 잠들만한 게, 평화로운 게 하나도 없다는 생각을 하며 피식 웃었다. 그리고 곧 자신이 바보일 거라는 생각이 들었다. 그러자, 그녀는 곧, 정말 잠이 들었다.

새벽이 되자 안방에서 장지 문밖으로 소리가 들려나왔다. 민규의 음성이었다. 정님은 두 손을 내려 무릎 위에 얹고, 긴장된 모습으로 그 소리를 들었다.

"대체 어디 갔다 이제 왔소?"

"……."

"왜 아무 말이 없소?"

"……."

"왜 웃기만 하시오?"

"……."

"마음의 눈으로 본다니, 그건 또 무슨 소리요? 지금 분명 이렇게 내 앞에 앉아 있는데?"

방안 민규의 눈앞에는 분명 집을 나갔던 여자가 돌아와 민규와 마주 대하고 있었으나, 정님의 귀에는 여자의 음성은 들리지 않았다. 그렇지만 여자가 민규 앞에 앉아있다는 느낌은 정님에게도 마찬가지였다. 그런 느낌을 확인한 정님은 다소곳하게 머리를 숙이고 장지 문안으로 귀를 기울였다.

"선생님께서는 이제 다 용서 받으셨습니다. 그렇게 용서를 받으셨으니까, 이제 선생님께서 다 용서를 하실 차례예요. 우선 사모님부터 용서하세요. 하느님께서는 이 세상을 공평하게 다스리십니다. 그래서 선생님 같은 분을 통해 의를 세우려 하십니다. 용서를 하지 않으면, 선생님뿐만 아니라 어느 누구도 그 일을 감당하지 못할 것입니다."

정님은 그 소리를 듣지 못했지만, 민규 앞에 단정하게 앉아있는 여자는 활짝 웃으며 또렷하게 그 말을 하고 있었다. 그렇지만, 별빛이 벗겨지던 정님의 눈에도 그런 여자의 웃는 모습이 살짝 스쳐지나갔다.

12. 떠나는 사람들, 오는 사람들

 문밖에서 해 기운이 돌자 민규는 가부좌를 풀고 일어나 마루로 나왔다. 그는 무릎을 꿇고 앉아있는 정님을 한 번 힐끗 보았을 뿐, 그대로 토방으로 내려와 부엌문 옆에 서있는 대빗자루를 들고 마당으로 내려가, 간밤 자신이 늘어놓은 흔적들을 쓸어냈다. 그 장면을 보던 정님이 비틀거리며 자리에서 일어나다가 마룻바닥에 털썩 주저앉았다. 차가운 아침 바람이 그녀의 무릎을 쿡쿡 쑤시게 했다. 그녀는 간신히 다리를 오므렸다 폈다 하면서도 민규의 움직임에서 눈을 떼지 않았다.
 마당을 다 쓸고 난 민규는 마루 끝에 놓인 걸레를 들고 방안으로 들어가 중국음식 찌꺼기들을 훔쳐냈고, 그것을 우물가에 던져놓고, 부엌으로 들어가 항아리에서 쌀을 퍼 다시 우물가로 나와 함지박에 부은 후, 두레박으로 물을 길어 올려, 함지박에 그 물을 붓고, 손을 넣어 쌀을 씻었다. 찬 아침 기운에 움츠렸던 그의 오른 손이 방금 길어 올린 우물물 속에서 따뜻함과 편안함을 느꼈다. 그는 문득 '용서하라' 라는 여자의 음성을 생각해냈고, 쌀을 씻다 말고 일어나 고개를 갸우뚱하다가 마루로 올라가 머릿방 문을 열고 방안을 들여다보았다. 그의 아내는 아직 새벽 그대로의 자세로 잠들어 있었다.
 "여보! 일어나 밥합시다. 여보, 여보, 그만 일어나요."
 그의 아내 깨우는 소리가 정님의 귀에 다정스럽게 들렸다. 마당을 쓸고,

쌀을 씻고 하던 자세와는 정반대의 것이었다.
"예? 당신이 웬 일이예요?"
"웬 일이라니? 남편 밥 굶길 참인가?"
"밥이라니요? 제가 무슨 밥은요?"
잠이 덜 깬 아내의 음성이 아침 바람 같은 남편의 음성을 한차례 감쌌다.
"정님이가 도와줄 거요."
아직 마루에 주저앉아 있는 정님을 보며 민규가 씩 웃었다. 정님은 갑자기 다른 세계에 와 있다는 기분이 들었다. 간밤의 이야기를 이것저것 묻고도 싶었지만 뭐에 떠밀리는 듯한 기분을 어찌할 수 없었던 그녀는 집 주인에게 자기가 앉아있던 자리를 내주고 우물로 내려가 그가 씻다만 쌀을 마저 씻었다. 그 사이 우물가로 내려온 이 집 안주인은 코트를 걸친 채 쌀 씻는 장면을 멀뚱멀뚱 바라만 보았다. 마루에 앉아 그 모습을 보던 민규는 그런 아내가 대견스럽다는 생각을 했다. 그래서인지 이 집 안주인은 정님이가 아침밥을 하는 동안 그녀의 엉덩이를 빠트리지 않고 따라다녔다. 하는 일이라는 게 그뿐이었지만 그 모습이 정님에게도 다정스럽게 느껴질 정도였다. 세 사람이 서로 말은 하지 않았지만 그런 분위기는 밥상머리에서도, 설거지를 할 때도 계속 이어졌다.
강정식이 이장과, 봉수와, 사진기자를 뒤세우고 집안으로 씩씩하게 들어온 것은 아침 햇살이 그런 분위기를 흩을 때쯤이었다.
"안녕하세요."
그는 간밤에 자신이 아무것도 보지 않았다는 듯, 보았더라도 별 상관없다는 듯 토방 위로 선뜻 올라서며 민규에게 인사를 했다.
"오늘 해단식 하러 왔습니다."

민규는 그런 그를 보고 고개를 끄덕이며 슬쩍 웃었다.

"수고들 하셨고만. 품삯은 제대로 받으셨나?"

"그럼요! 여기 이장님께서 후하게 쳐 주셨습니다."

사촌의 눈길은 강정식의 치하와는 상관없이 두 여자에게 가 있었다. 어젯밤 자기 집에서 보여주었던 것과는 사뭇 다른 표정을 확인한 그는 고개를 갸우뚱하면서도 안도의 숨을 내쉬었다.

"어떻게 성수님, 조반은 드셨는가요?"

"예, 잘 먹었어요. 여기 정님 씨 솜씨가 좋던대요."

그녀는 조금 전 밥상머리에 앉아있던, 자신을 포함한 세 사람의 표정을 떠올렸다. 참으로 어색한 순간이었고, 그 어색함이 뭔가 보이지 않는 힘에 의해 떠밀리고 있었고, 그 덕분에 자신이 어느 먼 곳에서 온 시골 아낙 같다는 생각을 하고 있었다. 그녀는 일면 웃음도 나왔지만 그 웃음을 용케도 참아냈고 그러자 자신이 남편 못지않게 의젓하다는 생각을 해보기도 했었다. 어쨌든 그 순간 그 분위기가 싫지 않았다는 생각이 든 그녀였다.

"그냥, 건너와서 드셔도 되는디 그러셨네요."

그는 형수의 얼굴이 펴지는 것을 확인하고 나서야 자신 있게 웃는 얼굴을 드러내보였다. 그러는 동안 사진기자와 봉수는 울안 여기저기를, 어제의 흔적을 찾기나 하려는 듯 돌아다녔다. 그리고 이장은 웃음 띤 얼굴을 드러내자마자 강정식의 공격 목표가 되었다.

"이장님도 선생님 모시고 같이 오실거죠?"

"어디를 오라시는가?"

"농활기간 내내 말씀드렸잖아요?"

"뭣을 말이신가?"

이장은 강정식의 말을 애써 피했지만, 젊은 혁명가에게 농투산이의 그러한 태도는 단순한 웃음거리에 지나지 않았다. 강정식은 더 힘주어 말했다.

"추곡 수매 투쟁요. 내달 11월 11일 솜리 역전 광장으로 도내 농민들이 집결하기로 했습니다."

"거 투쟁은 젊은 사람들끼리 허는 것이지. 우덜 같은 농사꾼들이 뭐허겄다고 그 짓을 혀?"

"당연히 농민들이 주체가 되어야죠."

"주체는 무신, 공산당도 아니고."

"공산당하고 무슨 상관이 있습니까?"

"있으나 마나 자네들 사정 다르고, 우덜 사정 다릉게."

"그만들 하시게."

민규가 말리지 않았다면 두 사람의 논쟁은 끊이지 않을 기세였다. 그런데 민규가 그것을 끊은 이유는 두 사람의 상투적인 논쟁 내용과는 무관한데 있었다. 그는 강정식이 '11월 11일'을 힘주어 말하는 순간 어떤 전율을 느꼈다. 여자가 떠나던 날 새벽 꿈 속에서 본 여자의 모습이, 두 팔을 뻗고 물위를 달리던 모습이, 물위에 남은 그녀의 선명한 발자국의 모습이 그의 뇌리를 스쳤기 때문이었다. 그는 그 젓가락 두 벌을 늘어놓은 발자국의 모습에서, 강정식이 말한 날짜에서 서로 닮은꼴을 찾아냈다. 그리고 새벽에 환상으로 나타났던 그녀의 서기어린 낯빛에 그 닮은꼴을 비춰보았다.

그는 자신도 모르는 사이에 자리에서 일어나 마당으로 내려가 이리저리 걸었다. 사람들은 그런 그의 태도를 멀뚱히 바라볼 뿐이었다. 그러는 동안 그의 아내는 어젯밤 남편의 돌연한 행동을 떠올리며 마음 졸이고 있었다. 그가 제 자리에 돌아와서 강정식을 또렷이 바라볼 때까지 그녀는 그런 마음을 가눌 수 없었다.

"좋아! 11월 11일, 내가 가지."

민규의 선언은 좌중을 한동안 엄숙하게 했고, 그에 이어 강정식은 씩씩하게 오른 손을 들어올렸다.

"선생님께서 그러실 줄 알았습니다. 역시 선생님이 최고예요."

사촌은 강정식의 행동에는 관심도 없다는 듯 정색을 하고 민규를 바라보았다.

"성님, 어쩌실라고?"

"뭐, 동생은 입장 곤란할 테니까 안 와도 되고, 상렬이는 불러주게. 당신도 같이 가요. 어차피 기자들도 몰려올 텐데."

"성님?"

민규의 아내와 정님은 사촌의 당황한 낯빛과 강정식의 싱글벙글하는 모습 사이에서 아무런 의미도 찾아내지 못했다.

"이제 일이 끝났으니까, 다들 돌아가요."

"네! 알았습니다. 그동안 고마웠습니다."

강정식은 지체 없이 인사를 하고는 동료들에게 손짓을 했다. 그를 따라 꾸역꾸역 머릿방으로 들어간 사람은 봉수였다. 짐을 챙기기 위해서였다. 그에게는 굼뜨던 자신의 행동이 이번에 정님을 앞섰다는 사실을 확인할 이유가 없었다. 짐을 챙겨 나오면서 무심코 정님에게 던진 '정님이 너는 안가냐'라는 말이 정님의 마음에 쇠뭉치를 달아맸다는 사실 또한 그가 알 바 아니었다.

정님은 이를 악물고 일어섰다. 민규의 아내를 빼놓고는 모두 그 모습에 관심을 기울일 필요가 없었다. 민규 앞에 선 세 학생은 함께 고개를 숙였지만 태도는 제 각각이었다. 강정식은 씩씩하게, 박봉수는 어눌하게 고개를 숙였고 한정님은 고개를 비틀었다.

마당에 서있던 사진기자는, 학생들이 문밖으로 나가는 장면과 남편을 우두커니 바라보고 서있는 양복희 기자 사이를 멀뚱하니 살폈다. 우리도 그만 가야되지 않겠느냐는 뜻이었다. 민규의 아내는 그에게 차 열쇠를 건넸다.

"먼저 가세요. 가는 길에 학생들 태워다 줘요. 면사무소 앞에서 기다리고 있어요."

사진 기자는 열쇠를 받으면서 두 눈을 한차례 껌벅거리곤 학생들 뒤를 따라나섰다.

"서방님께는 정말 뭐라 드릴 말씀이 없네요. 죄송해요. 앞으로도 잘 부탁해요."

형수의 갑작스런 공치사에 사촌은 어리둥절하며 머리를 긁적였다. 내외를 한 번 살펴본 후 그도 집밖으로 나갔다.

그들이 찻길까지 당도하는 장면을 힘들게, 힘든 낯빛으로 확인한 민규의 아내는 울음을 터트리며 남편의 품으로 달려들었다.

"여보, 미안해요."

마루에 걸터앉은 채 한참 동안 아내의 눈물을 받아낸 민규는 아내의 얼굴을 품에서 떼어내며 마루로 올라가 가부좌를 틀고 앉았다.

"다 내 잘못이지. 애들은 잘 있지?"

오랜만에 받아본 남편의 인사에, 그것도 무뚝뚝하기 이를 데 없는 인사에 감격한 민규의 아내는 또 소리를 내어 울었다. 민규는 왼팔을 뻗어 아내의 어깨를 두들겨 주며, 오른손으로 이제 그만 가라는 손짓을 했다.

"알았어요. 그날 아침 일찍 이리로 올게요."

민규는 고개를 끄덕였다.

"그 날 하루 학교 결석 시키고, 애들도 데리고 와."

"네."

민규의 아내는 눈물을 다 수습하지 못한 채 남편의 집을 나왔다. 동네를 뚜벅뚜벅 빠져나가는 그녀의 뒷모습을 눈으로 전송하는 사람들은 길가 위에 있는 자기 집 마루에 앉아있던 사촌 내외였다. 햇살은 내외간 다른 표정을 하나로 버무렸다. 마을 모퉁이 길을 벗어나 들판 한가운데 길에 들어선 그녀는 농수로 다리 위에 서서 나머지 눈물을 다 쏟아내려는 듯 실컷 울었다. 그렇게 한차례 울고 난 그녀는 아침 기운이 다 말라버린 하늘을 올려다 보았다. 햇살은 그녀의 눈물 자국을 남김없이 지웠다.

아내를 그렇게 돌려보낸 후, 민규는 곧바로 방안으로 들어가 어젯밤과 같은 자세로 가부좌를 틀고 앉아 두 손을 모았다. 그는 자신의 삶을 하나하나 들여다보았다. 가끔 사촌이 찾아와 인기척을 내보기도 하고, 문도 열어봤지만 그는 그 자세를 흐트러뜨리지 않았다. 사촌이 할 수 있는 것은 방에 군불을 때주는 일이 전부였다. 그렇게 식음을 폐하고 차근차근 자신의 껍질을 벗겨가던 그는 사흘째 되던 날 한 환상을 보았다.

솜리 역전 광장에 수많은 농민들이 머리에 붉은 띠를 두르고 모여 있다. 그들은 주먹을 쥐어 하늘을 끊임없이 쥐어지른다. 단위에 올라선 강정식이 초겨울 햇살을 받으며 그들을 명쾌하게 지휘한다. 대열 뒤에 서있는 상렬은 그 모습을 멀뚱히 바라본다. 사진기자는 여기저기 사진기를 돌려대고, 양복희와 한정님과 박봉수는 지친 사람들에게 뜨거운 차를 대접하고, 민규는 두 아들과 함께 그 장면 하나하나를 놓치지 않고 바라본다. 민규 앞에 여자가 나타난다. 환한 모습으로 민규의 두 아들을 바라보던 여자는 민규에게 따라오라는 손짓을 한다. 민규가 여자를 따라 한 걸음 내딛자, 아이들이, 아내가, 그리고 강정식을 빼놓고 그가 아는 사람들 모두가 그를 따라나선다. 한참을 걸어 그들이 이른 곳은 어느 천사의 집이다. 아이 천사들이 그들을 환한 얼굴로 맞는다. 그들은 물을 데워 그 아이 천사들의 몸을 씻긴다. 여자는 재게 손놀림을 하며 민규의 아내와 정남에게 끝이 없을 듯한 사랑의 눈빛을 보낸다.

끝

　세월이 무심한 것이든 아니든 벌써 스무 해가 지났다. 그렇지만 그 날의 장면 장면들은 아직도 내 머리 속에 또렷이 남아있다. 강정식은 실로 대단한 청년이었다. 초겨울 햇살은 그의 눈동자를 더 빛나게 하고 있었다. 그는 스스로 체포를 당했고, 구태여 가지 않아도 될 감옥에 들어갔다. 출옥 후 시민운동에 몸을 던진 그를, 정권이 바뀌고 바뀌어 의원님으로 추대하는 정당까지 생겨날 정도였지만 그는 단호히 거부했다. 그가 다음으로 뛰어든 일은 환경운동이었다. 지금 이 나라 환경 운동의 우두머리가 된 것은 벌써 중년에 들어섰을 그의 나이를 볼 때 그럴 법한 일이기도 했다. 그가 나를, 머리에 허옇게 서리를 맞고 아직도 이 시골구석에 박혀 사는 나를 선생님이라는 칭호를 붙이면서 처자식까지 인솔하여 쫓아다니는 것을 생각하면, 나에겐 황송하기 이를 데 없는 일이었다. 어쨌든 그 덕분에 이 집이, 아직 전화기도 전기도 없는 이 초가집이 나라 전체에 소문이 났고, 내 뜻과는 상관없이 이 집이 무슨 생명공동체 운동의 정신적 본부가 되었고, 몇몇 간부들이 멀쩡한 정신을 수련하러 온다, 농사 체험을 하러 온다 하며, 이제 농사꾼이 다 된 내가 논밭에 농약을 안 뿌리고, 비료도 안 주는 일을 특별한 말거리로 삼게 되었으니, 그것은 나로서는 여간 힘든 짐이 아니었다. 그게 다 나 좋아서, 타고나기를 게으르게 타고나서 전기도 못 넣고 사는 내가, 흙에서 나는 향기가 좋다는 둥, 생풀 냄새가 아까워서 그렇다는 둥, 되지도 않은 핑계를 대는, 그런 내 사정은 전혀 살피지 않고 그저 날 무슨 생명 농학박사 보듯 하니, 그렇지 않아도 굽기 시작한 이 허리가 더 꼬부라질 일만 생긴 셈이었다. 심지어 몇몇 인사들은 나를 도인 취급할 정도이니, 아직도 청년티를 벗지 못한 강정식의 절개가 나를 타락시킬 만한 위력도 함께 지닌 것이었다.

그래도 기특한 것은 박봉수와 한정님이 아직도 그와 벗하고 있다는 사실이다. 장가는 강정식보다 일찍 들었지만, 여전히 굼뜬 박봉수는 그를 따라 다니면서 궂은 일을 마다하지 않고, 한정님은 졸업 후 중등학교 선생 시험에 붙어 시골 중학교 선생을 하면서 제 어머니를 극진히 봉양하고, 월급을 털어 신체가 불인한 아이들을 제 어머니 봉양하듯 하고, 그러면서도 틈틈이 강정식에게 잔소리를 한다는 것이다. 이로 볼 때 그날 여자가 나를 포함해 그 때 그 사람들을 불러낸 것은 실로 위대한 일이라 할만도 하다. 정님이가 중년이 되도록 아직 시집을 안 간 것을 생각하면 가끔 마음에 걸리기도 하지만 제 길을 잘 가고 있는 그를 볼 때, 아직도 그런 걱정을 하는 나는 도인은커녕 영락없이 덜 떨어진 모범생이다. 여자가 가끔씩 나타나서 그런 나를 보고 '슬그머니' 웃고 가곤 했는데, 신기하게도 그게 오히려 나한테 힘이 된 적이 여러 번이다.

아내는 그날 천사의 집 일 이후, 새로운 세계를 발견한 기자가 아니라, 새로운 세계에 순응한 여기자로 변신했다. 우선 문장부터 부드러워진 그의 기사문은 현역에서 물러난 이후에도 그 쪽 사람들에게 많은 영향을 주고 있는 형편이라니, 선친께서 며느리를 인내로 봐주신 의미를 조금은 알 것 같았다. 그에게는 남편에 관한 대담을 제법 예쁘게 거절하는 '이쁜' 구석도 있었으니, 당신 내외분께서도 이제 고개를 끄덕이실만한 일이었다. 그는 지금 이 집을, 제 영감탱이가 숨어있는 이 집을 뻔질나게 드나들며 생명공동체 운동인가 뭣인가 하느라 타고난 제 소질을 다 쓰고도 모자라는 선진적인 할마씨가 되었다. 그런 일을 하다가 뭔가 막히는 구석이 있으면 어김없이 천사원에 가서 아이들을 씻기고 같이 노래를 부르고 등 그 날 여자가 보여준 일에 여러 가지를 보태서 하곤 했다. 가면 저 혼자 갈 일이지, 거기를 가면 자기가 그들을 위로하는 것이 아니라 자신이 그들에게서 위로를 받는다는 고백을 서슴없이 하면서도, 공연히 남편을 끌고 다니느라 고생을 사서 하는 편이었다. 예나 지금이나 남편을 이리저리 앞세우고 다니는 버릇은 여전했다. 어쨌든 나는 그런 아내 덕분에 그 곳에 한 번이라도 더 가니, 이 세상 공밥 먹는 일은 면하게 되었다. 더욱이 내가 이 집에 오는 분들한테서 한 마디씩 하라고 강요받고 있는 형편에, 그분들께 감히 '여러분의 이웃을 여러분을 사랑하듯 사랑하십시오' 라는 예수님의 말씀을 아니 전할 수 없는 처지가 되었으니, 그 말 공덕을 그렇게나마 갚게 된 것도 우리 할마씨의 공이 크다면 큰 것이었다. 내가 그 말만 하고 별다른 말을 덧붙이지 않으니, 방문객들이 내게 불쾌감을 갖게 됐는지 어쨌는지 몇몇 이름난 서예가들까지 대면서, 그 말씀을 이 집 문간에 써 붙이자고 성화이나, 그런 것 글자로 늘어놓아봤자 그 놈의 이념인가 뭔가로 뻔지르하게 굳어지기 십상이고, 우리 모두가 망신당할 일만 남을 게 훤하니 내가 극구 그만두자고 한 터이기도 했다. 그분들께는 송구스러운 말이지만, 혹여 '이웃사랑당' 이라고 간판을 내건 정당이라도 생겨나면, 이 세상에 난감해질 일이 하나 더 보태지는 꼴이라는 뜻도 은연중 드러내기도 했다. 크든 작든, 각자 제 일터 제 동네에게 가서 소리 없이 그런 일을 하는 게 그나마 각자에게 위안이 될 일이라는, 그래서 그것이 모아져서 이 세상이 생명공동체라는 말이 없이도 하늘이 준 생명의 원리로 돌아갈 것이 아니냐 하는 소박한 뜻을 이 언변 없는 시골 서생이 그런 식으로 표한 것이니, 내가 나에게 스스로 죄 하나를 더 보탠 꼴이었다. 내가 말을 조금이라도 조리 있게 잘 할 수 있다면, 한 번 오셔서 그런 말을 들은 분들이 다시 이 집에 오실 필요가 없을 터인데, 자꾸 왕림하시니, 내게 보태지는 그 죄가 결코 작은 짐은 아닐 일이었다.

그렇지만, 하나 신통한 일은 아내가 나서서 상렬이를 챙긴다는 점이었다. 특별시에 일류 그림쟁이들이 많고도 많으련만, 그리고 그 할마씨의 예안이 어느 정도인지는 빤한 일이기도 할 터인데, 그는 꼭 다 늙은 상렬이가 그린 포스터만 상급으로 쳐주었다. 뭐 진짜 생명의 기운이 담겨 있다나 하는, 어리숙한 사람 혹하게 하기 좋은 평까지 내놓으면서 그렇게 하니 내가 남편이라는 이유만으로 그 일을 막을 길이 없었다. 그 때 비오는 날 밤 상렬을 치료했던 여자의 위대성은 그 부분에서도 빈틈없이 드러나고 있었다.

그날 여자가 나에게 준 고운 선물은 나를 그저 바라보는 일이었다. 천사의 집을 나올 때, 아무도 보지 않는 데서, 여자는 그렇지 않아도 환한 얼굴에서 서기를 발하면서 초라한 나에게서 한참동안이나 눈을 떼지 않았다. 그 때 여자의 모습은 꼭 옛날 얘기책에 나오는 문수보살이나, 선지자와 같은 것이었다. 그 후 이 흙집에 묻혀 있는 나를 이만큼이나 지켜준 것은 그 눈빛 속에 담긴 가르침들이었다. 나는 그것을 읽고 또 읽었지만, 읽을수록 더 재미가 있었고, 그래서 계속 읽고 또 읽었다. 아내가 할마씨가 되기 전에, 나를 보러왔을 때, 가끔 무료하기도 했던지, 내 눈치를 살피면서 나보고 다시 시를 써보라 어쩌라 저도 감당하기 힘든 소리를 한 적도 있지만, 시는 벌써 그 안에 다 있었다.

그런 면에서 보면, 사람은 홀로 참 사람이 아닐 터인데, 내가 아내나 강정식, 그리고 그와 관계한 모든 사람들에게 진 빚이 엄청난 것이기도 했다. 여자야 내 스승뻘이니까, 스스로 다 알아서 처신할 것이고, 내가 그와 관계에서 굳이 빚을 운운할 처지는 아니었다.

내가 혼자 힘으로 그 빚을 갚을 길이 없음을 알았던지, 제 어미를 졸라 자주 나를 보러 오던 아들놈들은 저희들 나름대로 일거리를 찾아냈다. 평소 말수가 적은 큰놈은 그날 여자의 모습을 잊을 수 없었던지, 더 말수가 없어졌고, 가끔 내가 뜬금없이 던지는 말들을 저울질해보더니, 결국 제 한 몸을 성직에 던졌다. 지금 서울 큰 성당에서 보좌 신부로 신부 수업을 하고 있는 그가 곧 어느 시골 본당 주임신부로 일하러 간다는 소리를 들었다. 나에게 조금 위안을 주는 일은 그 놈이 성직자랍시고, 제 한 몸 세계 평화를 위하여, 그리고 가장 작은 것을 사랑하는 일을 위해, 가장 아픈 것을 사랑하는 일을 위해 던지겠다는 뜻을 내 앞에 늘어놓기보다는, 제 본래 아버지인 하느님께 기도를 한다는 점이었다. 둘째 놈도 큰 놈 못지않게 공부를 잘한다고 제 어미가 자랑을 늘어놓더니만, 제 아비의 젊은 시절을 흉내 내서인지 물리학을 공부한다고 하는 놈이, 있지도 않은 생명 물리학을 제 손으로 만들어놓겠다고 큰 소리를 치고 다닌다는 것이었다. 그런 그를 제 형이 보기에 가상했던지 그 소리를 들을 때마다 고개를 끄덕일 뿐이었다.

다섯 해 전인가 꿈속에서, 저 세상에 계신 내 아버지 어머니를 모시고 나타나서 제법 다소곳한 표정으로 인사를 하고 가버리더니, 그 이후 여자는 이 집에 통 나타나지 않았고, 나는 요즘 그가 하늘나라로 갔으려니 하고 있는데, 글쎄 모를 일은 그가 언제 또 선친의 일옷을 개들고 문득 내 방문 앞에 서있을 지도······.

솔직히 나는 아직 그가 누구인지 어떤 사람인지 잘 모른다. 그가 일찍이 선언하기를 나 자신을 알면 저가 누구인지를 알거라고 했는데, 그의 말로 따져보아도 나는 아직도 내가 누구인지 모르는, 갑갑하기 이를 데 없는 어린 백성이다.